HERMAN VAN CAMPENHOUT

# De droom van de farao

Tweede druk

Davidsfonds/Infodok

Campenhout, Herman Van
De droom van de farao

Tweede druk: 2008


Blijde-Inkomststraat 79-81, 3000 Leuven
www.davidsfonds.be
Vormgeving cover: Wannes Van Giel
Vormgeving binnenwerk: Peer De Maeyer
D/2007/2952/40
ISBN 978 90 5908 240 3
NUR 284
Trefwoorden: Egypte, reis om Afrika



STICHTING NEDERLANDSE
KINDERJURY
2007

# 1

Bezorgd liep Smenkes door de grote opslagplaats. Nu ze bijna leeg was, leek ze nog reusachtiger. Meer dan zijn tien vingers had hij niet nodig om de opgestapelde scheepsladingen te tellen. De bergen gerst, bonen, uien, knoflook en kikkererwten die na de vorige oogst werden binnengebracht, waren geslonken tot molshopen. Wat er lag, was nauwelijks voldoende om de ambtenaren nog één keer uit te betalen. Alleen door krenterig te zijn en de voorraden als een vrek te beheren had hij hongersnood kunnen voorkomen. Iedereen had genoeg gegeten en gedronken om in leven te blijven, maar dik waren de Egyptenaren[1] er het voorbije jaar niet op geworden. En het zag ernaar uit dat de komende oogst niet overvloediger zou zijn. Het water van de Nijl was in het overstromingsseizoen maar dertien el gestegen. Elke Egyptenaar wist dat twaalf el honger betekende, veertien el voldoende om te eten en vijftien el de mogelijkheid om te feesten. De god Hapi, die voor de overstromingen zorgde, was niet vrijgevig geweest de laatste jaren, ondanks de overvloedige offers die zijn priesters in de Nijl hadden gegooid. Ze hadden beter de offers zelf opgegeten of naar de opslagplaats gebracht, dan was er tenminste iemand beter van geworden, bedacht Smenkes. Hij zou het volgende jaar dus even streng moeten zijn als dit jaar als hij iedereen genoeg te eten wilde geven.

Smenkes knipte met zijn vingers. Een soldaat van de wacht opende de poort van de opslagplaats en Smenkes liep de aanlegsteiger op die vijftig el in de Nijl doordrong. Langzaam liep hij boven het water. Zoals altijd was er veel beweging op de rivier. Boten met of zonder zeil, papyrusvlotten en grote, platte schepen waarmee enorme stenen werden vervoerd, kleine bootjes die de kinderen

---

[1] De Egyptenaren noemden hun land niet Egypte. Dat was de Griekse naam voor dat land. De Egyptenaren zelf noemden het 'Tawy' (de beide landen), 'Kemet' (het zwarte land) of 'To-meri' (het geliefde land). Ook 'Nijl' is geen Egyptisch woord. De oude Egyptenaren noemden hun rivier 'Iteroe' (de rivier) of 'Iteroe-o' (de grote rivier).

in elkaar hadden geknutseld, alles wriemelde door elkaar. De Nijl was niet alleen de rivier die het land leven en welvaart schonk, hij was ook de enige verkeersader die Opper-Egypte met Neder-Egypte verbond. Reizen en vervoeren gebeurde niet met paard en kar maar met een boot over de rivier. Over enkele dagen zouden de vrachtschepen weer aanleggen en zou het dagenlang razend druk zijn tot de magazijnen weer gevuld waren. Maar zo hoog als in de goede jaren zouden de stapels gerst en kikkererwten wel niet worden.

Assistent-opzichter Smenkes bedacht dat hij zijn snelle carrière eigenlijk aan de schaarste te danken had. Nadat hij in de ambtenarenschool had leren lezen en schrijven, was hij klein begonnen. In het begin had hij gewoon genoteerd wat elke boer binnenbracht, maar hij had al snel ontdekt en zijn meerdere ervan overtuigd dat kleine beloningen de productiviteit ten goede kwamen. Boeren die meer inleverden dan verplicht, kregen op de feestdagen van de goden een ereplaats in de tempel. Wanneer de farao door het land reisde, werden ze aan hem voorgesteld en werd hun naam op een herdenkingsplaat geschilderd. De vizier van de farao had Smenkes organisatietalent opgemerkt. In een paar jaar was hij opgeklommen tot assistent-opzichter van de koninklijke voorraadschuren. De echte opzichter was natuurlijk een 'imakhu', iemand die tot de selecte club van vrienden en familieleden van de farao behoorde. Maar Smenkes was er zeker van dat hij ooit de plaats van die imakhu zou innemen, zeker als de Nijl koppig bleef weigeren het hele land te overstromen.

'Heer!'

Dat was de stem van de officier die met honderd soldaten de opslagplaats bewaakte. Smenkes vond het nog altijd vreemd dat hij met 'heer' werd aangesproken, want hij kwam uit een eenvoudige familie, maar toch genoot hij van die titel. Zeker als hij uit de mond kwam van iemand die vroeger hoger in rang was geweest.

'Wat is er, Ahmose?' vroeg hij zonder zich om te draaien.

'Er staat een bediende van de vizier aan de poort. Hij wil u dringend spreken.'

Smenkes keerde zich naar de officier.

'Mij?' vroeg hij ongelovig. Hij was ervan overtuigd dat de vizier niet hem moest hebben, maar de man die de echte titel van 'opzichter' droeg.

'Hij heeft naar Smenkes gevraagd', zei de officier met nadruk.

De assistent-opzichter knikte.

'Zeg hem dat ik kom.'

De officier draaide zich om en verdween even geluidloos als hij gekomen was. Nog even bleef Smenkes staan nadenken. Hij kon zich niet inbeelden wat de vizier van hem wilde. Een hooggeplaatste ambtenaar als de vizier, die net onder de farao stond, sprak nooit met het ondergeschikte personeel. Zo een belangrijke man gaf zijn bevelen aan de échte opzichters en niet aan hun assistenten... Tenzij... Zou het kunnen dat hij promotie kreeg? Hij had zin om naar de ingang te spurten, maar hij wist dat dat niet paste bij zijn status van assistent-opzichter.

Ogenschijnlijk zonder zich te haasten liep Smenkes naar de ingang van de opslagplaats.

'Heer Smenkes?' vroeg iemand toen hij zijn hoofd naar buiten stak.

'Dat ben ik.'

'De vizier van de farao vraagt of u even tijd kunt maken om bij hem langs te komen.'

Smenkes besefte dat het een beleefdheidsformule was en dat hij meteen moest meegaan.

'Het is mij een groot genoegen om voor de vizier te verschijnen', antwoordde hij even beleefd. Tegelijk keek hij vlug naar zijn lendendoek. Die was nog netjes genoeg om zonder blozen voor de vizier te staan.

'Zullen we maar?' vroeg de bediende.

Smenkes knikte. Achter de bediende liep hij weg van de opslagplaats. Die was vlak naast de rivier gebouwd omdat alle goederen toch per schip werden aangevoerd. Het paleis van de farao en de ambtswoning van de vizier daarentegen lagen een eindje van de

Nijl vandaan, op een plaats waar het veel rustiger was en waar minder vliegen en ongedierte zaten. En met dat *ongedierte* werden niet alleen de ratten en de muizen bedoeld, maar ook de bedelaars en de klaplopers die leefden van wat ze in de buurt van de opslagplaats konden jatten. Smenkes bleef zoveel mogelijk in de schaduw van de palmbomen en de gebouwen want het was al bloedheet in de stad, hoewel het pas de tweede week van de maand Pachons[2] was.

Voor de ingang van de ambtswoning van de vizier bleef de bediende staan.

'Wilt u even wachten, heer?'

Smenkes knikte. Hij zag hoe de bediende met de soldaten van de wacht sprak en dan naar hem terugkeerde.

'U wordt verwacht, heer. Volgt u mij maar.'

Zonder om te kijken liep de bediende het gebouw binnen. Eerbiedig gingen de soldaten opzij toen Smenkes langskwam. Hij wist niet hoe de ambtswoning van een vizier er vanbinnen uitzag. Voor het eerst in zijn leven was hij bij zo een hoge heer op bezoek. Hij liep door een lange, brede gang waarvan de muren versierd waren met schitterend schilderwerk. Veel tijd om te kijken had hij niet, maar hij zag toch afbeeldingen van dansende meisjes en een rivier die bijna dichtgegroeid was met papyrus.

'Heer...'

Met zijn linkerhand schoof de bediende de voorhang opzij en hij wees met zijn rechterhand naar de opening. Nieuwsgierig liep Smenkes naar binnen. Op de stenen bank tegen de muur zat een man met een eenvoudige witte lendendoek om... de vizier! Eerbiedig bleef Smenkes staan en boog zijn hoofd. De vizier zag er misschien klein en onbeduidend uit, maar dit was de machtigste man na de farao en hij kon zijn carrière maken of kraken. Smenkes wist dat het verboden was om eerst te spreken. Hij moest wachten tot

---

[2] Pachons: van 29 maart tot en met 27 april. Een week duurde in de Egyptische kalender tien dagen.

de vizier hem aansprak om iets te mogen antwoorden. Hij zag dat de vizier hem onderzoekend aankeek.

'Ben jij assistent-opzichter Smenkes? vroeg hij.

Smenkes knikte.

'Kom dan maar dichterbij en ga aan mijn voeten zitten.'

Smenkes haastte zich om het bevel van de vizier op te volgen. Hij was razend nieuwsgierig. Hij was er zeker van dat de vizier hem een promotie zou aanbieden die paste bij zijn verdiensten.

'Smenkes,' ging de vizier op een vriendelijke toon verder, 'ik heb al veel goede dingen over jou gehoord. Je bent een uitstekende ambtenaar. Jouw vindingrijkheid en organisatietalent zijn mij bekend en ik ben ervan overtuigd dat je het land en de farao nog veel diensten zult bewijzen.'

'Dank u, heer,' prevelde Smenkes en hij boog zijn hoofd onder zoveel loftuitingen. Nu zou het komen!

'Hoe jong ben je nog?' vroeg de vizier minzaam.

'Ik heb al vierentwintig overstromingen meegemaakt, heer.'

'Ben je getrouwd, heb je kinderen?'

'Twee jaar geleden getrouwd, één kind geboren, een tweede op komst.'

'Met een vrouw van aanzien?'

Smenkes aarzelde. In tegenstelling tot veel ambtenaren was hij getrouwd met een meisje dat hij leuk vond en waarop hij verliefd was geworden en niet met een vrouw die zijn carrière vooruit kon helpen. Het was geen schande een huwelijk te sluiten om een trapje hoger te raken op de maatschappelijke ladder.

'Als u bedoelt: een meisje uit de hogere kringen die mijn carrière een duwtje in de rug kan geven, dan is het antwoord neen.'

'Dan ben jij de persoon die ik zoek', zei de vizier ernstig. 'Ik heb een belangrijke opdracht voor jou. Als je die tot een goed einde brengt, heb je geen vrouw uit de hogere kringen nodig om een schitterende toekomst tegemoet te gaan.'

Smenkes knikte dankbaar en keek nieuwsgierig naar de vizier.

'Onze doorluchtige farao Necho II heeft het plan opgevat rond

Afrika[3] te varen en hij heeft aan jou gedacht om hem te vertegenwoordigen.'

Verwonderd keek Smenkes hem aan.

'Dat kan toch niet, heer!' flapte hij eruit. 'Ik heb de zee nog nooit gezien. Ik heb nog nooit gevaren! En van zo'n expeditie is nog nooit iemand levend teruggekeerd! De zee van het zuiden zal ons meesleuren naar de onderwereld of we zullen verbranden in de vuurrivieren die van het land in de oceaan stromen. En als we die hindernissen overleven, zijn er nog de zeemonsters die in één hap een opgetuigd schip kunnen inslikken!'

Smenkes kon zijn afkeer niet verbergen, maar het gezicht van de vizier verried geen enkele emotie. Hij was ook niet boos omdat zijn ondergeschikte zijn zelfbeheersing had verloren. Het was alsof hij die tegenwerpingen had verwacht en daar een pasklaar antwoord op had.

'Farao Necho heeft die verhalen ook gehoord,' ging de vizier onverstoorbaar verder, 'maar de farao is ervan overtuigd dat het niet meer zijn dan opgeblazen matrozenverhalen die een eigen leven zijn gaan leiden. De verhalenvertellers hebben van een grote vis een monster gemaakt en van een bosbrand een vuurrivier!'

Smenkes antwoordde niet. Hij kon zich niet veroorloven de woorden van de farao in twijfel te trekken of er kritiek op uit te brengen. Dat zou het einde van zijn carrière en misschien wel van zijn leven betekenen.

'En wat verwacht de farao van mij?' vroeg hij.

'Om de reis rond Afrika te maken heeft de farao een beperkte Fenicische bemanning aangeworven omdat de Feniciërs nu eenmaal betere zeelui zijn dan wij en ook zeewaardigere schepen hebben. Wij Egyptenaren kunnen alleen maar boten bouwen om op de Nijl te varen en daar zijn we goed in, maar voor de open zee zijn onze schepen te licht. In de havenstad Klysma aan de Rode Zee wordt onder toezicht van kapitein Hanno een bireem gebouwd

---

3 De Egyptenaren kenden het woord Afrika niet. Zij noemden hun werelddeel Libië.

waarmee de rondvaart zal gebeuren. Maar de farao wil dat er naast de Fenicische bemanning ook vijftig Egyptenaren meegaan om het schip te verdedigen, de Feniciërs te helpen en van hen de zeemanskunst te leren.'

Hij stopte even en keek Smenkes doordringend aan.

'Omdat jij zo'n verstandig, nauwgezet en trouw ambtenaar bent, heeft de farao jou uitverkoren om mee te reizen als leider van de Egyptenaren. Jouw opdracht is deze: houd een logboek bij waarin je alles noteert wat ons kan interesseren. Waar we hard hout kunnen halen, waar we de reuzendieren kunnen kopen die de Nubiers "olifanten" noemen en die ons de overwinning zouden kunnen bezorgen in elke veldslag, waar het kaneel groeit waarvoor wij aan vreemde handelaars veel geld moeten betalen, welke rivieren goud meevoeren, waar we de metalen kunnen ontginnen om brons te gieten, waar we kruiden en parfums kunnen oogsten die we aan andere volkeren kunnen doorverkopen, waar we papyrus, scarabees, godenbeelden en fijne geweven stoffen kunnen ruilen voor voedsel om de magere jaren door te komen. Misschien zijn er in Afrika zelfs bondgenoten te vinden die met ons tegen de opdringende Babyloniërs willen vechten. Teken zoveel mogelijk kaarten zodat we achteraf elke interessante plaats kunnen terugvinden. Breng van al wat je ziet een staal mee zodat de farao met eigen ogen kan zien wat Afrika te bieden heeft en zorg er bovenal voor dat je even goed of beter leert varen dan de Feniciërs want de farao is van plan een vloot te bouwen en de zee op te gaan om zijn rijk uit te breiden. En als je ook nog ontdekt welke oceaan zijn water afstaat aan de Nijl en waarom we niet elk jaar evenveel water krijgen en wat daar aan te doen is, mag je de expeditie als geslaagd beschouwen.'

Opnieuw keek de vizier Smenkes aan.

'Ben je er klaar voor?' vroeg hij op de man af.

Smenkes slikte.

'Heer, hoe lang zal de reis duren?' vroeg hij vertwijfeld. Hij dacht aan Neftis, zijn vrouw, aan Memi, zijn zoon, en aan de baby die op komst was. Het was niet het goede moment om lang van huis weg te blijven.

'Enkele maanden', antwoordde de vizier luchtig. 'Lang geleden hebben de farao's al expedities uitgestuurd, maar hoe lang die geduurd hebben, weten we niet. De aardrijkskundigen van de farao hebben berekend dat jullie over vijf maanden bij de zuilen van Hercules[4] zullen aankomen.'

Smenkes wilde diep zuchten, maar hij beheerste zich. Hij vond het plan je reinste waanzin. De zogezegde aardrijkskundigen van de farao waren kwakzalvers die net als hij geen voet buiten Egypte hadden gezet. Afrika rondvaren was even onmogelijk als met de wagen van de zonnegod meerijden. Of met een schip naar de maan zeilen. Of tot in het diepste van de oceaan doordringen. Hij was ervan overtuigd dat hij dit waanzinnige avontuur niet kon overleven, maar hij had geen keuze. Een opdracht van de farao weigeren was zijn eigen doodvonnis tekenen. De farao had te lang in de zon gestaan en daar was hij het slachtoffer van. Of misschien waren de nederlagen tegen de Babyloniërs de farao naar het hoofd gestegen! Dat kon hij de vizier natuurlijk niet zeggen. In plaats daarvan boog hij zijn hoofd en antwoordde: 'Ik voel mij vereerd dat de farao voor deze opdracht aan mij heeft gedacht en ik zal mijn uiterste best doen om deze expeditie tot een goed einde te brengen.'

De vizier knikte alsof de zaak beklonken en de laatste hindernis uit de weg was geruimd. Alleen de praktische schikkingen moesten nog geregeld worden.

'Het vertrek is voorzien over vier maanden. Voor de overstromingen beginnen, moet het schip op zee zijn. Vanaf vandaag werk je niet meer voor de opzichter van de stapelplaats, maar rechtsreeks voor de farao. Tot aan het vertrek kun je in je huis blijven wonen en heb je recht op de vergoedingen die bij je functie horen. Tijdens je afwezigheid geniet je vrouw van dezelfde voordelen. Ik heb je

[4] De Straat van Gibraltar.

baas al gewaarschuwd. Als speciaal gezant van de farao heb je volmacht om mensen en voorraden die je nodig hebt voor de reis op te eisen. Zorg ervoor dat je mondvoorraad voor zeventig mensen meeneemt voor zes tot acht maanden. Je mag gebruik maken van de koninklijke paarden en wagens om de voorraden naar Klysma te brengen. Je mag ook ezels en dromedarissen opvorderen als je dat handiger vindt. Neem ook een voorraad papyrus, sieraden en wit linnen mee om aan de Afrikanen te laten zien wat wij te koop hebben. Kies je je mannen zelf uit of stuur ik een detachement van vijftig man mee?'

'Ik kies mijn medewerkers liever zelf', haastte Smenkes zich, 'uit de mensen die ik ken van de opslagplaats. Wat mag ik hun beloven?'

'Dubbel rantsoen voor hun vrouwen en kinderen tijdens de reis en voor de manschappen een promotie op de dag van de terugkeer. Een soldaat wordt officier, een officier wordt toegelaten tot de persoonlijke lijfwacht van de farao.'

'Staat u daar borg voor, heer?'

'Daar mag je op rekenen. Zorg ervoor dat alles perfect in orde is, want de farao wil het vertrek van het schip meemaken. En wanneer je over zes à zeven maanden hier weer zit, wacht jou een grote beloning. Een mooi einde van de reis zou zijn dat je de farao een lading kaneelpijpjes kon aanbieden.'

'Dank u wel, heer.'

De vizier knikte.

'Er is nog iets dat je moet weten', ging de vizier bedachtzaam verder. 'Farao Necho heeft kapitein Hanno wel aangeworven om deze reis te maken, maar het volste vertrouwen heeft hij niet in die man. De farao vreest dat Hanno de reis ook voor de Feniciërs maakt en dat hij vooral hun belangen zal behartigen. Houd hem goed in de gaten en laat je door hem niet in een hoek duwen. Je hebt vijftig Egyptenaren ter beschikking om Hanno desnoods met geweld te verplichten om te doen wat jij wilt. Hij is de baas van het schip, maar jij bent de leider van de expeditie. Is dat duidelijk?'

'Zeker, heer.'

'Voor je vertrekt zal de schatbewaarder van de farao je een buidel goud- en zilverstukken overhandigen die je kunt gebruiken als dat nodig is. Ga er spaarzaam mee om en noteer nauwkeurig waaraan je ze hebt uitgegeven. Mogen de goden jou en je manschappen een voorspoedige reis schenken.'

Het was duidelijk dat het onderhoud was afgelopen. De vizier klapte in zijn handen en de bediende die Smenkes naar hem had gebracht verscheen in de deuropening.

'Breng mijn gast terug naar de stapelplaats', beval de vizier.

Smenkes nam de buidel goudstukken op, boog nog eens diep voor de vizier en volgde de bediende naar buiten. De zon scheen genadeloos op zijn kale hoofd, maar daar had hij geen last van. Hij was boos op zichzelf omdat hij zich zo gemakkelijk had laten overhalen. Hij was de leider van een expeditie die regelrecht naar de onderwereld leidde! *Als* hij ooit terugkeerde, zou er een *grote beloning* op hem wachten. Belachelijk! Hij werd zo door zijn woede in beslag genomen dat hij niet merkte dat de bediende van de vizier weer vertrokken was. Met een gezicht dat op onweer stond, liep hij naar zijn huis in plaats van naar de stapelplaats. Het lag in de ambtenarenwijk die een buffer vormde tussen de kroegen en de hutten bij de rivier en de paleizen hogerop. Hij liet zich op zijn rustbed neerploffen alsof hij stomdronken was. Hij hoorde zijn vrouw dichterbij komen. Ze had hun zoon op zijn arm.

'Is er iets?' vroeg ze bezorgd. 'Ben je ziek?'

Smenkes zuchtte. Ze kwam naast hem op het rustbed zitten. Hij kon niet over zijn lippen krijgen wat hem was overkomen.

'Ik denk dat ik een tik van de zon heb gekregen', loog hij. 'Ik heb dorst en ik voel me moe. Ik denk dat het met wat rusten wel zal overgaan.'

Zijn vrouw stond op en grabbelde de jongen van het bed.

'Dan laat ik je. Ik stuur de bediende met een kruik bier en een beker.'

Hij keek haar na terwijl ze de kamer uitliep. In haar ruime witte jurk kon je nauwelijks zien dat ze in verwachting was, maar gisteravond had hij de baby voelen stampen. Hij vroeg zich af of hij zijn tweede kind ooit zou zien.

Enkele tellen later kwam de bediende de kamer binnen. In plaats van de beker vol te schenken zette Smenkes de kruik aan zijn mond en dronk gulzig van het koele bier. Toen liet hij zich weer onderuitzakken en staarde naar het plafond. Dit was een van de weinige rotdagen die hij in zijn leven had meegemaakt. De sterfdagen van zijn ouders waren de ergste geweest, maar hij vond dat deze dag er nauwelijks voor moest onderdoen. Wat de farao en de vizier ook beweerden, zo'n tocht rond Afrika kon niemand overleven. Vandaag had hij zijn oproepingsbrief voor het hiernamaals gekregen. In de ambtenarenschool waar hij had leren lezen en schrijven had hij wereldkaarten gezien die er niet om logen. Voorbij de zuilen van Hercules en ten zuiden van het land van de Ethiopiërs was er niets dan de kolkende oceaan die zijn water in de onderwereld stortte. Wie zich te ver waagde, werd door de stroom meegezogen naar een onmetelijke afgrond zonder bodem. Daar zou hij dus terechtkomen. Smenkes huiverde. Hij durfde er niet aan te denken welke monsters en gedrochten zich daar op hem zouden storten! Hij pleegde nog liever zelfmoord dan dat te moeten beleven. Hij kon echter niet weigeren een bevel van de vizier uit te voeren. Een Egyptenaar was de slaaf van zijn farao en die besliste zowel over zijn leven als over zijn dood.

Smenkes zette de kruik nog eens aan zijn mond. Het bier maakte hem behaaglijk loom zonder dat hij er dronken van werd. Dat de farao en de vizier geen besef hadden van de gevaren van de zee kon hij nog begrijpen, maar dat Feniciërs zich in dit avontuur lieten meeslepen, ging zijn verstand te boven. De Feniciërs die in Egypte leefden, waren geen avonturiers maar handelaars die zo snel mogelijk rijk wilden worden. In enkele steden hadden ze van de farao wijken gekregen waarin ze zich mochten vestigen. Het was algemeen bekend dat ze veel handiger waren in het kopen en verkopen dan de lokale handelaars en dat ze de Egyptische winkeliers gewoon werkloos maakten. Geliefd waren ze allerminst.

Winst was het enige dat hen interesseerde. Waarom zou die kapitein Hanno een reis rond Afrika maken als hij er zeker van was nooit levend terug te keren? Dat paste niet bij de Feniciërs. Als zij naar onbekende streken trokken was het niet om te verdrinken, maar om andere producten te vinden en nieuwe markten te openen waar ze hun goederen konden verkopen. Met de Feniciërs meevaren was geen zelfmoordcommando, maar een berekend risico. Zij waren vertrouwd met de zee en zouden zich niet door het water laten meesleuren. Hij had trouwens gehoord dat ze het land nooit uit het oog verloren en dat ze zich bij het minste onraad op de kust lieten vastlopen.

Hoe langer Smenkes erover nadacht, hoe rustiger hij werd. Omdat de oogsten de laatste jaren mager waren geweest, had farao Necho geen huurlingen kunnen ronselen en daardoor had hij een groot deel van de gebieden die zijn vader veroverd had aan de Babyloniërs moeten prijsgeven. Ook de Feniciërs zagen de Babyloniërs niet graag komen. De farao was dus op zoek naar nieuwe voedselvoorraden en ongekende rijkdommen om zijn leger uit te breiden en de Babyloniërs terug te drijven! En kaneel paste perfect in dat plaatje. Kaneel was in Egypte duurder dan goud! Alleen rijke Egyptenaren konden er zich na hun dood mee laten balsemen. En overal in de gebieden rond de Middellandse Zee was er grote vraag naar. Wie de kaneelhandel in handen kreeg, werd zo rijk dat hij alle huursoldaten van de wereld kon betalen en de wereld aan zich kon onderwerpen! Misschien was de opdracht die hij had gekregen toch eervoller dan hij dacht... Misschien was hij door zijn stiptheid en vindingrijkheid toch de geschikte man voor deze expeditie! Niemand belette hem trouwens voor eigen rekening het een en ander mee te brengen en te verkopen of later handel te drijven met de ontdekte gebieden. De zak goudstukken zou hem daarbij uitstekend van pas komen.

Smenkes schaamde zich dat hij zich zo had laten gaan. Hij had beter moeten nadenken voor hij in paniek raakte. Gelukkig hadden alleen zijn vrouw en zijn bediende hem zo overstuur gezien.

In plaats van als een sukkel te liggen janken zou hij beter zijn medewerkers uitzoeken. In de opslagplaats werkten genoeg getrainde mannen die hem kenden en vertrouwden en die zeker met hem op avontuur wilden gaan.

Hij kwam net overeind toen zijn bediende schoorvoetend de kamer binnenkwam.

'Mag ik u storen, heer?' vroeg hij aarzelend.

'Zeg het maar.'

'De officier van de bewaking heeft een bode gestuurd en wil u spreken.'

'Zeg hem dat ik kom.'

Terwijl zijn bediende de kamer uitliep, controleerde Smenkes of hij er nog toonbaar uitzag. Dat viel best mee en hij haastte zich naar de opslagplaats. De officier van de bewaking stond hem op te wachten.

'Heer, hebt u een ogenblik?'

'Wat is er?'

'We hebben twee mannen opgepakt die de stapelplaats waren binnengedrongen en eten probeerden te stelen. Wat doe ik ermee?'

Smenkes zuchtte. Een voedselopslagplaats was altijd een doelwit voor dieven. Zelfs de honderd soldaten die om beurten de opslagplaats bewaakten, waren nog niet talrijk genoeg om alle dieven af te schrikken. Voor hij assistent-opzichter werd, was de opslagplaats een zeef waaruit de voorraden weglekten. Daar had hij paal en perk aan gesteld. Zelfs de vindingrijkste dief had hij ontmaskerd. Dat was een bediende van de opslagplaats die zich 's avonds in de loods liet opsluiten en 's nachts zakken graan naar buiten sleepte via een gat in de muur dat hij telkens weer onzichtbaar afsloot. Smenkes had de diefstal opgemerkt omdat hij de voorraden nauwkeurig bijhield. Omdat er geen enkel spoor van inbraak was, had hij op een avond assen op de vloer van de opslagplaats gestrooid. 's Morgens zag hij de voetsporen van de dief en vond het gat in de muur. De volgende nacht had hij op de loer gelegen en de dief op heterdaad betrapt. De farao had de dief veroordeeld, hij zou langzaam doodgemarteld worden. Twee dagen en twee nachten had het gehuil van de veroordeelde door de stad geklonken. Het was een heel strenge straf, maar in tijden van schaarste moest je hard optreden om andere dieven af te schrikken.

'Hebben ze honger of zijn het beroepsdieven?' vroeg hij.

'Beroepsdieven, heer. Ze zien er niet ondervoed uit.'

'Hebben ze het al eerder geprobeerd?'

'Ik heb ze nog nooit gezien.'

'Dertig zweepslagen en een waarschuwing dat we hen de volgende keer aan de farao overdragen om doodgemarteld te worden. Zorg ervoor dat ze jankend van de pijn en half kreupel naar huis strompelen.'

De officier knikte en wilde zich omdraaien, maar Smenkes hield hem tegen. Plots bedacht hij dat hij de diensten van Ahmose goed kon gebruiken. De man was gezond en atletisch en stipt in het opvolgen van bevelen. De soldaten respecteerden hem als hun natuurlijke leider.

'Ahmose,' zei hij op een vriendschappelijke toon, 'ik denk dat wij eens moeten praten.'

'Is er iets, heer?' vroeg de officier verschrikt. 'Heb ik iets verkeerd gedaan?'

'Helemaal niet', haastte Smenkes zich. 'Ik ben erg tevreden over jou en ik denk dat ik in de toekomst nog meer van je diensten gebruik wil maken. Ben je vanavond vrij om er verder over te praten?'

'Zeker, heer.'

'Het hoeft niet plechtig en officieel te zijn. Ik wil gewoon van man tot man met jou keuvelen. Zullen we vanavond bij zonsondergang afspreken in de kroeg naast de aanlegsteiger?'

'Dat lijkt mij een goed idee, heer.'

'Tot vanavond dan.'

Glimlachend zag Smenkes de officier de opslagplaats inlopen. Tot nu toe waren ze geen vrienden geweest, maar wat niet was, kon nog altijd komen.

# 2

Nog voor zonsondergang zat Smenkes in de kroeg. Hij had een plaatsje gezocht buiten het gewoel en een kruik gerstebier besteld met een mand brood en knoflook. Dat deed hij normaal niet, maar het was gemakkelijker praten als hij af en toe iets in zijn mond kon steken. Hij besefte wel dat hij met Ahmose hetzelfde spelletje ging spelen als de vizier met hem had gedaan. Hij moest Ahmose de indruk geven dat hij speciaal voor deze opdracht was uitgekozen en dat niemand het beter kon dan hij. Heel eerlijk was dat niet, maar als hij het zo niet speelde, was de kans erg klein dat Ahmose vrijwillig met hem mee zou gaan. Die was zo goed in het bewaken van de opslagplaats en in het vangen van dieven dat hij zeker ooit assistent-bevelhebber van het huis van de farao zou worden.

Smenkes stond op toen hij de officier zag aankomen en zwaaide met zijn hand.

'Goedenavond, heer,' begroette Ahmose hem.

'Welkom, ik ben blij dat je gekomen bent. We hebben bier en brood en alles om er een gezellige avond van te maken.'

Hij vulde de tweede kroes met bier en schoof hem naar de officier.

'Gezondheid!'

'Gezondheid, heer.'

Smenkes nipte enkel aan de kroes want hij moest er zijn gedachten bij houden. Hij zag dat Ahmose de zijne in één teug leegdronk. Hij sloeg het ook niet af toen Smenkes zijn kroes opnieuw vulde en de broodmand naar hem toeschoof. Om ontspannen te lijken brak Smenkes een homp van het brood en knabbelde eraan terwijl hij een teentje knoflook leegzoog.

'Ahmose,' zei hij ten slotte, 'jij hebt de reputatie een uitstekende officier te zijn. Ik zie dagelijks dat de manschappen je respecteren en zonder aarzeling je bevelen opvolgen. Waaraan heb je die goede naam te danken?'

Ahmose glunderde.

'Aan de oorlogen die ik met de farao heb gevoerd', antwoordde hij trots. 'Ik heb drie jaar in Nubië gediend, ik was erbij toen de Babyloniërs de Eufraat overstaken en ons naar het westen terugdreven, ik was erbij toen we Palestina moesten ontruimen, maar ik heb er altijd voor gezorgd dat onze terugtrekking geen wanordelijke vlucht werd. Mijn gewonde mannen heb ik nooit achtergelaten, want ik wist dat ze door de Babyloniërs zouden worden doodgeknuppeld. En dat hebben mijn soldaten gewaardeerd.'

'Dan ben jij de man die ik zoek', reageerde Smenkes meteen.

Nieuwsgierig keek de officier hem aan.

'Je weet dat ik vandaag bij de vizier ben geweest...'

Ahmose knikte.

'Ik heb van hem een speciale opdracht gekregen waarvoor ik jouw hulp nodig heb omdat ik weet dat jij de enige bent die mij kan helpen.'

'Ik luister, heer.'

'Farao Necho heeft besloten een schip uit te sturen dat rond Afrika moet varen en hij heeft mij aangeduid om die expeditie te leiden.'

Aandachtig keek Smenkes de officier aan alsof hij zijn reactie van zijn gezicht wilde aflezen. Achtereenvolgens zag hij verbazing, bewondering en ten slotte plooide het gezicht van Ahmose open in een brede glimlach.

'Proficiat, heer!' riep hij enthousiast. 'Ik wou dat ik zo een opdracht had gekregen!'

Verbaasd keek Smenkes hem aan. Deze reactie had hij niet verwacht.

'Meen je dat?' stamelde hij.

'Natuurlijk', ging de ander verder. 'Zo'n avontuur maak je maar één keer in je leven mee! U zult de eerste Egyptenaar zijn die rond Afrika is gevaren. Uw naam zal op elke zuil gebeiteld staan! *In het vijftiende regeringsjaar van farao Necho II is Smenkes als eerste rond Afrika gevaren!*'

Schaapachtig keek Smenkes hem aan, maar hij herstelde zich vlug.

'Ik vind het inderdaad een hele eer dat de vizier aan mij heeft gedacht,' zei hij met een zuur gezicht, 'maar je begrijpt wel dat ik die opdracht niet alléén kan uitvoeren. Ik ben op zoek naar vijftig betrouwbare mannen die onder leiding van een uitstekende officier met mij willen meevaren...'

'En had u aan mij gedacht, heer?' vroeg Ahmose enthousiast.

Smenkes knikte.

'Jij bent de geknipte man om met mij op de zuilen gebeiteld te staan. Wat denk je?'

'Ik wil wel, maar...'

Het enthousiasme op het gezicht van Ahmose maakte plaats voor twijfel.

'Maar wat?'

'Ik heb nog nooit op zee gevaren. Ik ben een echte landrot. Laat mij achter op de eenzaamste plek van het rode land en ik keer levend en wel terug. Maar de zee...'

'Dan zijn we collega's', nam Smenkes hem het woord af. 'Ik ken de zee net zo min als jij. Maar ik heb begrepen dat varen niet onze opdracht is. Daarvoor heeft de farao enkele Feniciërs ingehuurd. Wij moeten zorgen voor de verdediging van het schip want de Feniciërs zijn geen vechters. Ik geloof niet dat ze al één veldslag gewonnen hebben. Dat interesseert hen ook niet. Zolang ze handel kunnen drijven en winst maken, willen ze elke koning dienen!'

Ahmose knikte, maar Smenkes zag aan zijn gezicht dat hij nog niet volledig overtuigd was.

'En welke beloning staat daartegenover?' vroeg hij achterdochtig. 'Mijn vrouw zal het niet leuk vinden alleen en zonder inkomsten achter te blijven...'

Die vraag had Smenkes verwacht.

'Dubbel rantsoen voor je vrouw en kinderen tijdens de reis en een promotie voor jou wanneer we over enkele maanden in de hoofdstad terugkeren. Misschien word je wel bevelhebber van de koninklijke wacht en je vrouw gezelschapsdame van de koningin', loog hij alsof het geschreven stond.

Smenkes zag dat het gezicht van Ahmose in een brede glimlach openvouwde.

'Ik ben je man', antwoordde Ahmose vastberaden. 'Bestel al maar de steenkapper die onze namen moet vereeuwigen. Wanneer vertrekken we?'

'Voor het begin van de overstroming.'

'Dat komt goed uit. Dan kan ik nog afscheid nemen van mijn ouders in het zuiden.'

Smenkes glimlachte. Hij greep de kan bier en schonk de kroes van Ahmose nog eens vol. Zelf dronk hij zijn beker leeg en bestelde een tweede kan.

'Ik wist wel dat ik op jou kon rekenen', zei hij vriendschappelijk. 'Ik ben ervan overtuigd dat het een fantastische tocht wordt.'

Zelf was hij daar helemaal niet van overtuigd, maar in zijn functie van assistent-opzichter had hij geleerd hoe hij anderen enthousiast kon maken zonder er zelf in te geloven.

'De praktische punten bespreken we een van de volgende dagen', zei hij. 'Daar is geen haast bij. Ik zou graag hebben dat jij vijftig stevige mannen uitkiest die jou in alle omstandigheden zullen volgen en gehoorzamen. Is dat mogelijk?'

Ahmose knikte.

'Vijftien boogschutters, evenveel speerwerpers en slingeraars? Kun je daarmee de veiligheid van het schip garanderen?'

Ahmose trok een bedenkelijk gezicht.

'Maak er telkens tien van en geef me twintig worstelaars mee. Die zijn beter in een gevecht van man tegen man. En in een kleine ruimte zoals een schip kan dat van pas komen.'

'Akkoord.'

'En... wat mag ik hun beloven?' vroeg Ahmose aarzelend.

'Dubbel soldatenrantsoen en een bevordering op de dag dat ze terugkeren. En als de farao zijn plannen doorzet en een vloot laat bouwen, zijn zij de kapiteins van de toekomst.'

‘Nemen we ook voorraden mee?’ vroeg Ahmose.

‘Graan, gerst en bier voor acht maanden. Volgens de berekeningen van de aardrijkskundigen van de farao is dat ruim voldoende om geen honger te lijden. Zodra het verse voedsel binnenkomt, beginnen we met het transport en het laden van het schip.’

‘Hebben we geen aangepaste kleren nodig?’

‘Dat zal ik eens bij de Feniciërs navragen, maar ik denk dat we met de gewone soldatenuitrusting al een eind komen. In het zuiden blaast de noordenwind niet meer en voor de kille nachten hebben ze hun soldatenmantels.’

Ahmose knikte opnieuw. Smenkes zag dat hij uitgevraagd was. Ontspannen tuurde hij over de rivier. Zelf was hij helemaal niet avontuurlijk. Hij was een ambtenaar die geleerd had nauwkeurig en stipt te werken en dat zou hij ook tijdens de komende zeereis doen. Hij zou met een papyrusrol terugkeren waar alles op stond wat nuttig was voor Egypte. Het avontuur kon hij aan Ahmose overlaten.

De volgende maanden waren hectisch voor Smenkes. Eerst moest hij aan zijn vrouw Neftis uitleggen welke opdracht hij gekregen had. Erg enthousiast was ze niet, maar het vooruitzicht van de beloning achteraf maakte de onderneming voor haar veel aantrekkelijker. Daarna had hij het zo druk en hij moest zich zo veel aantrekken dat hij nog nauwelijks de tijd had om te piekeren over de gevaren van de expeditie. Alleen ’s nachts, als hij de slaap niet kon vatten, kreeg hij soms koude rillingen als hij bedacht wat hem eventueel kon overkomen. Dan droomde hij van monsters die plots uit het water opdoken, van stormen die het schip uiteensloegen en van draaikolken die de bemanning meezogen naar de diepte. Als hij klaarwakker was en bezig met zijn werk, had hij geen last van die nachtmerries. Als ambtenaar had hij een bevel gekregen en het was zijn plicht dat nauwgezet uit te voeren.

Eerst was hij naar Klysma gereisd om Hanno te leren kennen en het schip op de werf te bekijken. De kapitein had hem overdreven vriendelijk ontvangen, zoals de Fenicische handelaars doen die een winkel hebben in het vreemdelingenkwartier van de hoofdstad en absoluut iets willen verkopen. Samen hadden ze de scheepswerf bezocht. Smenkes had nog nooit een schip in aanbouw gezien.

'De basis van het schip is een bireem,' legde Hanno uit, 'een oorlogsschip dat zowel een zeil als roeiers heeft. Zie je die scherpe neus?'

Smenkes knikte.

'Dat is om de vijandelijke schepen te rammen en tot zinken te brengen.'

'Hebben wij een oorlogsschip nodig?' vroeg Smenkes verbaasd.

'Ik denk het niet, maar we kunnen niet voorzichtig genoeg zijn. Op verzoek van de farao hebben we het schip verbreed en het ruim dieper gemaakt om meer vracht te kunnen laden.'

Smenkes stond in bewondering voor de handigheid van de timmerlui. Hij had huizen zien bouwen met slib uit de Nijl en tempels met blokken uit de steengroeven, maar een houten bouwwerk had hij nog nooit zien optrekken.

'Reizen die mannen mee?' had hij aan Hanno gevraagd.

'We nemen er drie mee om herstellingen uit te voeren.'

Daarna hadden ze Syrische wijn gedronken en kleurrijke vis gegeten die in de Rode Zee gevangen was.

'Wat denk jij van de expeditie?' had Smenkes gevraagd.

Hanno had hem berustend aangekeken.

'Ik weet niet wat ons te wachten staat, maar ik ben niet van plan overdreven risico's te nemen. Ik wil in mijn land nog genieten van de prijs die ik voor deze expeditie krijg. Ik denk dat we de kustlijn niet uit het oog mogen verliezen en dat we bij verdachte stromingen meteen richting land moeten varen.'

'En hoe lang denkt u dat de tocht zal duren?'

Hanno haalde zijn schouders op.

'Ik ben al eens tot voorbij Ethiopië gevaren, tot op de plaats waar het land als een hoorn in de oceaan steekt en dat heeft twee maanden geduurd. Doe daar nog vier, misschien zes maanden bij tot aan de zuilen van Hercules en dan zijn we ten laatste over tien maanden terug thuis. Ik heb een contract van één jaar. Voor de volgende overstromingen beginnen, wil ik weer in Egypte zijn.'

Daarna hadden ze enkele praktische dingen besproken. Er moesten hamers, bijlen, zagen, beitels en klinknagels worden meegenomen om na een storm bomen om te hakken en er planken van te zagen om het schip te herstellen. Stevig linnen en naalden en draden om de zeilen te herstellen waren ook geen luxe. Nieuw opgeslagen touwen moesten zeker mee om in het geval van een opkomende storm rond het schip te spannen. Dikke wollen dekens waren 's nachts op zee ook geen luxe want de noordenwind kon onaangenaam blazen wanneer de mannen in hun hangmat lagen. En enkele visnetten waren onontbeerlijk om het rantsoen van de mannen aan te vullen. Levende dieren om melk te geven of varkens om te slachten konden er niet meer bij. Met vijftig Egyptenaren en vijftien Feniciërs aan boord zat het schip echt wel vol. Als de mannen vlees wilden, moesten ze maar aan land gaan en jagen. Iemand die verstand had van wild opsporen en in het nauw drijven, was dus ook welkom. En als ze eetbaar brood wilden en drinkbaar bier, moesten er een bakker en een brouwer mee. Ten slotte spraken ze af dat de Egyptenaren zouden meehelpen om de dagelijkse karweien op te knappen, dat ze in geval van windstilte ook moesten roeien, de zeilen ophalen en het anker optrekken en dat ze alleen bevelen konden krijgen van Smenkes of Ahmose omdat het Egyptisch van de Feniciërs te belabberd was.

Laat in de avond was Smenkes in een opperbeste stemming naar zijn logement teruggekeerd. Sympathiek vond hij de Feniciër niet en de kans dat ze ooit dikke vrienden werden, zat er volgens hem niet in. Daarvoor leek de kapitein hem te geslepen en te gemaakt vriendelijk. Dat belette niet dat ze uitstekend konden samenwerken. Daarbij had de rustige houding van Hanno hem helemaal gerustgesteld. Hij durfde al te dromen van wat er na zijn terugkeer zou gebeuren en welke promotie hij zou krijgen. Hij hoopte dat hij tot de brede kring van *de vrienden van de farao* zou worden toegelaten. Zijn vrouw kon dan gezelschapsdame worden van de koningin en de toekomst van zijn kinderen was verzekerd. Dat was het minste dat hij kon krijgen.

De volgende dag had Smenkes berekend welke voorraden hij moest inslaan en hoeveel plaats die in het ruim mochten innemen. Voedsel voor acht maanden of tweehonderdveertig dagen maal vijfenzestig maakte meer dan vijftienduizend dagporties, zonder bier en drinkbaar water! Daarbij moest hij het linnen en de andere artikelen rekenen die hij als relatiegeschenken moest meenemen... Van schepen had Smenkes geen verstand, maar hij had meteen begrepen dat ze niet de ruimte boden die ze in het rode land gewoon waren. Hij zou een kleine kajuit onder het dek ter beschikking krijgen waar hij kon schrijven en zijn hangmat hangen en waar hij het geld van de farao, zijn papyrusrollen en de tekens van zijn waardigheid kon bewaren. De manschappen en de soldaten moesten leven, eten en slapen waar ze op het dek of in het ruim een plaatsje vonden om hun hangmat op te hangen. Hij moest nog voor een groot tentzeil zorgen om over het dek te spannen en dat de manschappen zowel tegen de regen als tegen de zon moest beschermen.

Daarna was hij naar de hoofdstad teruggekeerd om de voorraden af te wegen en naar Klysma te sturen. Voor het transport konden zijn soldaten gebruik maken van het onafgewerkte kanaal dat de farao van de Nijl naar de Rode Zee had laten graven. Voor de laatste dagreizen echter moest alles op ezels worden overgeladen omdat de farao de werken had stilgelegd voor het kanaal de Rode Zee bereikte. Officieel heette het dat een goddelijk orakel hem had ingefluisterd het kanaal niet te voltooien, maar iedereen wist dat zijn generaals het hem hadden afgeraden omdat Egypte langs die weg door de zeevolkeren uit het oosten kon worden aangevallen.

De laatste dagen werden een race tegen de tijd. Hij moest afscheid nemen van zijn vrouw en zijn kind, zich stoer houden en doen alsof deze expeditie een uitstapje was. Allerlei karweitjes moesten nog worden opgeknapt voor de farao het vertreksein kon geven. De watertonnen moesten gevuld worden met drinkbaar water, op het zeil diende een oog geschilderd te worden om de Feniciërs te plezieren en een beeld van de god Ptah moest op de voorplecht staan om de Egyptenaren gerust te stellen. En zonder vlaggetjes die wapperden in de wind was het feest niet compleet. De Egyptische soldaten, van wie de meesten nog nooit zo'n schip hadden gezien, moesten vertrouwd gemaakt worden met de regels aan boord en de klusjes die ze moesten uitvoeren.

Het schip was volledig opgetuigd toen de farao met zijn hofhouding in de havenstad aankwam. Honderden mensen hadden van het einde van de oogsttijd geprofiteerd om hun velden achter te laten, met de farao mee te reizen en van het vertrek van de expeditie een echt volksfeest te maken. In de buurt van de haven hadden verkopers van al wat Egypte te bieden had hun kramen opgesteld. Muzikanten, danseressen, potsenmakers en tovenaars toonden hun kunsten aan de voorbijgangers, maar alles verbleekte bij de stoet die de farao van de koninklijke tent naar de haven begeleidde. Dansers en fluitspelers openden de optocht, gevolgd door de hoge ambtenaren en de familieleden van de farao. Daarna kwamen meisjes die water sprenkelden en bloemblaadjes op de grond strooiden opdat de farao het stof van de weg niet zou zien. Daarachter kwam de farao met de kronen van Opper- en Neder-Egypte op zijn hoofd, de scepter en de vliegenmepper in zijn handen, in een vergulde wagen, getrokken door vier stieren, met daar onmiddellijk achter de priesters die het beeld van Horus meedroegen. Ten slotte volgde een groep van vijftig bedienden die de geschenken van de farao meedroegen: scepters, halskettingen, oorbellen, kruiken bier en wijn en godenbeeldjes om hen te beschermen tegen onheil.

De stoet hield halt voor de bireem, die vertrekkensklaar lag. Het schip rook nog naar de teer waarmee het gebreeuwd was, de mast stak hoog en trots boven het dek uit en het zeil hing opgerold aan de ra. De kapitein stond met al zijn opvarenden op de houten kade om de farao te begroeten.

'Farao, leven, voorspoed, gezondheid!' riep Smenkes.

Normaal had Hanno dat moeten doen, maar zijn Egyptisch was zo afschuwelijk dat hij de eer aan Smenkes had gelaten. Hij wilde geen fouten maken die de expeditie in gevaar konden brengen.

'Leven, voorspoed en gezondheid!' antwoordden de soldaten.

'Sterke stier, geliefde van Maät!' ging Smenkes verder.

'Leven, voorspoed en gezondheid!'

'Die verschijnt als de vurige uraeus[5], groot aan kracht!'

'Leven, voorspoed en gezondheid!'

'Schoon aan jaren, die de harten doet leven!'

'Leven, voorspoed en gezondheid!' riepen de soldaten en alle aanwezigen voor het laatst.

Toen stond de farao op van zijn troon en stak zijn hand op om stilte te bevelen. Niet hijzelf maar de bediende die het dichtst bij hem stond, nam het woord.

'De farao van Opper- en Neder-Egypte, de zoon van Horus, beveelt jullie om te vertrekken en rond Afrika te varen. Hij beveelt jullie om zijn naam in alle landen bekend te maken en aan alle koningen zijn vredeswens over te brengen. Aan het schip waarmee jullie varen, geeft hij de naam "Oog van Horus". Als blijk van zijn genegenheid heeft hij voor ieder van u een geschenk meegebracht.'

De farao gaf een teken dat zijn geschenken mochten worden uitgedeeld. De bedienden liepen tot bij de bemanning en gaven aan ieder een zilverstuk. Smenkes kreeg een scepter omdat hij de leider van de expeditie was. Vanuit zijn ooghoeken zag hij dat Hanno er een kreeg die iets kleiner was dan de zijne. Ahmose kreeg bronzen polsbeschermers. Daarmee had de farao de hiërarchie op het schip vastgelegd.

'Leven, voorspoed en gezondheid!' riep Smenkes toen iedereen zijn cadeau had gekregen.

'Leven, voorspoed en gezondheid!' juichten de mannen enthousiast.

---

[5] Figuur van een brilslang, bij de Egyptische farao's het symbool van hun macht over leven en dood.

De farao knikte.

'Jullie mogen vertrekken!' riep de bediende. 'Over enkele maanden verwacht de farao jullie terug, wanneer dit schip vanuit de Middellandse Zee de Nijl opvaart. Goede reis en behouden terugkeer!'

Dat was het signaal voor het vertrek. Zonder één ogenblik te verliezen liepen de mannen over de loopplank het schip op, kropen in de mast en lieten het zeil zakken. De trossen waarmee het schip aan de kade was vastgemaakt, werden losgegooid, het zeil bolde op en langzaam dreef de bireem weg van de kade. De wuivende en joelende mensen werden alsmaar kleiner tot ze nog slechts stippen waren in een woestijnlandschap.

's Avonds, nadat het zeil was opgehaald en het anker was uitgegooid, schreef Smenkes de eerste regels van zijn reisverslag.

*Eerste dag.*

*Onze reis rond Afrika is onder een goed gesternte begonnen op de vijfde dag van de maand Mesore in het dertiende regeringsjaar van farao Necho II*[6]*. De farao heeft ons met zijn hele gevolg uitgewuifd en ons een voorspoedige reis toegewenst. Aan boord hebben wij ons vertrek gevierd met een kroes Syrische wijn die de Feniciërs aan boord hadden gebracht. Alles onder controle: ik weet exact hoe groot onze voorraden zijn en waar ik ze kan vinden. Vijf man aangeduid om permanent toezicht te houden op de voorraden en elke overtreding aan mij te rapporteren. Voedseldieven zullen streng gestraft worden. Ahmose heeft de wachtbeurten verdeeld zodat er dag en nacht vijf soldaten op de uitkijk staan om zowel het land als de zee in het oog te houden. Aanhoudende frisse noordenwind. Kapitein Hanno heeft mij verteld dat in dit seizoen de noordenwind onafgebroken blaast. Daar maken wij nu gebruik van om naar het zuiden te varen. Veel*

6 5 juli 598 voor Christus.

*roeien zullen de manschappen niet hoeven te doen. Bij zonsondergang dichter naar de kust gevaren en op een veilige afstand het anker uitgegooid. Niets speciaals gezien.*

Bijna de hele dag had hij op het dek gestaan, maar hij had van het varen geen hinder ondervonden. Het was alsof de bireem over het water was gegleden. De zeilen hadden de hele dag bol gestaan maar hoeveel riviermaten[7] het schip vooruit was gekomen, wist Smenkes niet. Voorlopig moest hij zich behelpen met de *één-dagreis-maat*, hoewel hij heel goed wist dat elke dagreis een verschillende afstand vertegenwoordigde, afhankelijk van de wind. Er moest een middel bestaan om de afstand nauwkeuriger te meten, maar hij kon zo meteen niets bedenken. Hij rolde de papyrus op en legde hem in de hutkoffer. Als hij elke dag nauwkeurig noteerde wat er gebeurd was, zou hij aan het einde van de reis een schat aan informatie verzameld hebben waar de farao iets mee kon aanvangen.

Hij kwam uit zijn hut en liep de trap op naar het dek. De meeste mannen lagen al in hun hangmat, enkele Feniciërs zaten op de voorplecht na te praten. Als hij over de reling naar stuurboord keek, zag hij in de verte het schijnsel van enkele vuren. Hij wist dat daar vissers, steenkappers of vrije woestijnbewoners omheen zaten die de gebeurtenissen van de voorbije dag bespraken en daarbij een stuk brood aten en een beker bier dronken. Dat had hij vroeger ook gedaan, toen zijn ouders nog leefden en ze in een klein dorp in de buurt van Memphis woonden. Die avonden had hij altijd supergezellig gevonden, tussen de grote mensen in, waar hij bewonderend naar had opgekeken, maar jammer genoeg was die tijd voorbij. Toen zijn vader en moeder kort na elkaar stierven, had het dorpshoofd hem naar de ambtenarenschool gestuurd omdat niemand het joch wilde onderhouden.

Hij zag dat Ahmose naast hem kwam staan.

---

7 Een 'riviermaat' was 4000 el; 1 el was 52,3 cm.

'Alles onder controle?' vroeg hij.

'Zeker, heer.'

'Zware dag gehad?'

'Valt nogal mee. Alle opdrachten zijn verdeeld. Iedereen staat op zijn post. Varen lijkt leuker dan de opslagplaats bewaken.'

Glimlachend keek Smenkes hem aan.

'Zullen we nog een paar dagen wachten voor we beginnen te vergelijken?' vroeg hij zonder een antwoord te verwachten. 'Dit is pas de eerste van tweehonderd dagen.'

Ahmose antwoordde niet meer. Samen stonden ze een poos naar de vuren op het land te kijken.

'Ik denk dat ik maar eens in mijn hangmat kruip', verbrak de officier de stilte. 'Goedenacht.'

'Goedenacht', antwoordde Smenkes.

Hij daalde de trap af naar zijn kajuit en nestelde zich behaaglijk in zijn hangmat. Hij dacht aan zijn vrouw en aan zijn zoontje, dat nu met zijn duim in zijn mond behaaglijk in een mand lag te slapen. Misschien was de nieuwe baby al geboren. Hij werd er weemoedig van dat hij zo ver van hen vandaan was. Hij schudde zijn hoofd alsof hij die gedachten van zich af wilde zetten. Hij was nog van plan over allerlei dingen na te denken, maar na enkele minuten doezelde hij weg in een diepe slaap.

# 3

Gekraak. Een zacht heen en weer balanceren alsof hij door zijn moeder gewiegd werd. Dat kon natuurlijk niet, dat besefte hij wel want zijn moeder was lang geleden gestorven en hij was geen kleuter meer. Hij vond het zalig om zo wakker te worden. Opnieuw gekraak. Neen, dat hoorde niet bij zijn moeder, dat was het geluid van een instortend huis. Smenkes schrok wakker en sperde zijn ogen open. Niet hij maar zijn kajuit slingerde van links naar rechts alsof hij gisteravond te veel gedronken had. Hij was meteen klaarwakker en sprong uit zijn hangmat. Oh! Hij moest zich aan de wand vastklampen om niet meegeslingerd te worden. Het schip was beslist in een hevige storm terechtgekomen. Zijn plaats was op het dek om de bevelen van Hanno aan zijn mannen door te geven.

Meer kruipend dan lopend ging hij de trap op. Hij zag meteen dat de zon nog maar pas was opgegaan, maar alle hangmatten waren al opgerold, het anker was opgehaald en het schip werd door een hevige wind vooruitgestuwd. Het dek was spekglad van het opspattende water. Hij greep zich vast aan de reling en probeerde overeind te blijven. Op het voorste puntje van het schip stond kapitein Hanno onverstoord voor zich uit te kijken. Die had helemaal geen moeite met het stampen van het schip. Zonder een krimp te geven ging hij op en neer met de voorsteven en liet het opspattende zeewater over zich regenen. Smenkes wilde niet als een watje overkomen en schoof langs de reling tot bij de kapitein. Hij moest zich stevig vastklampen om niet overboord gegooid te worden want de boeg werd door de golven opgetild en even later terug in het water gekwakt. Zo goed en zo kwaad als hij kon, ging hij naast de kapitein staan.

'Morgen, kapitein!' riep hij.

Hanno knikte.

'Hevige storm!' ging Smenkes verder. 'Moeten we niet naar de kust zeilen?'

Geamuseerd keek de kapitein hem aan, alsof hij begrip had voor dwaze praatjes.

'Dit is helemaal geen storm. Dit is een stijve bries die ons eindelijk een eind vooruit zal blazen. Ik heb maar een contract van één jaar, weet je nog? Met het flauwe windje van de laatste veertien dagen zijn we over een jaar nog niet in Ethiopië!'

'En hoe lang duurt die *stijve bries*?'

'Niet lang genoeg. Als we geluk hebben, twee dagen en twee nachten, maar het kan ook al na één dag afgelopen zijn.'

'Is er geen gevaar voor het schip? Ik heb het horen kraken!'

Nu bulderde de kapitein van het lachen.

'Dit is geen rieten bootje om op de Nijl te varen! Dit is een schip om de zeeën te trotseren! Er is meer nodig dan dat om ons in gevaar te brengen.'

Smenkes zweeg om geen nieuwe dwaasheden uit te kramen. Hij moest zich aan de reling vastklampen om niet weggeslingerd te worden.

'Heb je al gegeten?' riep Hanno.

'Nee.'

'Dan moet je niet wachten. Neem een stevige maaltijd en overgiet alles met bier. Je zult het nodig hebben.'

Smenkes had veel minder honger dan andere ochtenden, maar hij durfde geen vragen meer te stellen. Even voorzichtig als hij gekomen was, schoof hij langs de reling naar achteren. Hij zag de stuurman onbeweeglijk op de achtersteven staan alsof hij een beeld was dat op het schip was vastgenageld. Het roer had hij met touwen aan de reling vastgezet. In het midden van het schip zaten zijn mannen te eten omdat dat de plaats was waar het stampen en slingeren van het schip het minst voelbaar was. Hij ging op het dek tussen hen in zitten.

'Morgen.'

'Winderige morgen, heer.'

Iemand stopte hem een stuk brood en een beker bier in de handen. Om niet te veel te morsen nam hij een grote slok uit zijn beker en probeerde van het brood te bijten. Dat was niet meer mogelijk als hij zijn tanden niet wilde breken. Het brood was steenhard geworden. Het was de hoogste tijd dat ze aan land gingen om vers brood te bakken. Hij sopte het in het bier tot de korst zacht was geworden en zoog op het binnenste tot het in zijn mond verkruimelde. Dat had hij vroeger nog gedaan, maar hij had het nooit lekker gevonden. Toch wilde hij niet stoppen met eten want Hanno had hem geadviseerd veel te eten. Het was alsof het op- en neergaan van het schip zijn eetlust verstoorde en zijn maag helemaal overhoophaalde. Hij voelde zich onwel, maar hij wilde er niet aan toegeven. Hij ademde diep in en uit en sloot zijn ogen om de bewegingen van het schip niet meer te zien.

'Gaat het, heer?' vroeg zijn buurman.

Smenkes opende zijn ogen, maar antwoordde niet. Wel merkte hij dat hij niet de enige was met maagproblemen. Een van zijn soldaten kroop over het dek naar de reling en braakte alles uit wat hij gegeten had. Zeker tien mannen hielden zich aan de reling vast en kotsten in de zee. Smenkes voelde dat hij er niet aan kon ontsnappen. Op zijn beurt gleed hij over het dek naar de reling toe en braakte het weinige dat hij gegeten had uit. Hij voelde zich ellendig...

'Zeeziek?'

Smenkes hoorde de spottende toon in de stem van kapitein Hanno.

'Ik heb horen vertellen dat de Egyptenaren al zeeziek worden als ze in bad gaan', spotte de kapitein verder. 'Ik moet het nog geloven ook!'

Het stak Smenkes dat de kapitein hem zo voor de gek hield, maar hij had de kracht niet om erop te reageren.

'Iedereen die voor het eerst de zee opgaat, krijgt ermee te maken', ging de kapitein ernstig verder. 'Ik ook toen ik als matroos begon. Het beste is op je rug in het ruim te gaan liggen in de vaarrichting en je ogen te sluiten. En regelmatig eten, anders heb je niets in je maag om uit te braken en dan begin je gal over te geven.'

Wat daar zo erg aan was, wist Smenkes niet, maar aan de manier waarop Hanno het zei, kon hij opmaken hoe erg dat was. Hij schoof naar de trap en daalde voorzichtig af in het ruim. Hij kroop op het zeil dat de gerstvoorraad bedekte, ging er met zijn rug op liggen en sloot zijn ogen. De kapitein had gelijk. Hier beperkte de beweging van het schip zich tot een zacht wiegen alsof hij op het water dreef. Langzaam verzachtte het gerommel in zijn buik, de zure smaak in zijn keel zakte weer naar zijn maag. Hij hoorde aan het gezucht en gekreun dat nog andere jongens een plaatsje in het ruim hadden gezocht. Smenkes besefte wel dat hij dit geen twee dagen kon volhouden. Er moest gewerkt worden. Als alle mannen die zeeziek waren hier op hun rug kwamen liggen, was het schip waarschijnlijk onbestuurbaar. Daar kon hij zich op dit ogenblik echter niets van aantrekken. Hij moest aan zijn gezondheid denken en iets eten. Hij greep onder het zeil een handvol gerstekorrels en goot die in zijn mond. Zacht waren ze niet, maar toch gemakkelijker te kauwen dan het steenharde brood van daarnet. Toen hij nog een tweede handvol had opgegeten, voelde hij zich zo goed dat hij zin had om op te staan en met zijn gewone werk te beginnen. Voorzichtig krabbelde hij overeind. Tussen de andere mannen door laveerde hij naar de trap en werkte zich naar boven. Kapitein Hanno ging vooraan nog altijd op en neer, de roerganger stond nog even onbeweeglijk op het achterdek gebeiteld als daarstraks. Smenkes ging in het midden van het dek naast Ahmose zitten. Die zat smakelijk te eten en te drinken alsof hij van zeeziekte geen last had.

'Gaat het al een beetje beter, heer?' vroeg hij bezorgd.

Smenkes knikte, schonk zich een beker bier in zonder te morsen en dronk die leeg.

'Heb jij geen last van de woelige zee?' vroeg hij.

'Niet in het minst', antwoordde Ahmose. 'Ik vind dit deinen en schommelen zelfs leuk. Dat herinnert mij aan mijn kindertijd toen mijn vader een rieten bootje voor ons had gemaakt dat hij aan twee palmbomen had vastgemaakt en dat kon schommelen. Daar hebben mijn broer en ik jarenlang plezier van gehad.'

Nee, Smenkes kon niet zeggen dat hij veel genoegen beleefde aan dit verdomde schommelen. Zijn buik begon trouwens weer te rommelen en hij bereikte net op tijd de reling om de gerstekorrels en het bier in zee over te geven.

'Zou u niet beter naar het ruim terugkeren, heer?' suggereerde Ahmose, die hem was gevolgd. 'Ik neem het zolang wel van u over en er zijn genoeg manschappen die niet zeeziek zijn en het werk aankunnen.'

Smenkes liet zich door zijn officier naar het ruim brengen en ging weer op het zeil boven op de gerst liggen. Hij vond het wel vernederend dat hij voor Ahmose moest onderdoen. De baas was altijd en in alles beter dan zijn knecht. Om te bewijzen dat hij sterk en sportief was, moest zelfs de farao jaarlijks de Nijl overzwemmen. De Egyptenaren konden niet leven met het idee dat de incarnatie van de god een krachteloze ouderling was. Smenkes besefte dat de mooie theorieën voor de zeeziekte moesten onderdoen en dat er niets anders op zat dan te wachten tot de *stijve bries* was gaan liggen.

Twee dagen en een nacht hield de wind aan. Kapitein Hanno had het schip naar de open zee gestuurd omdat hij niet de kans wilde lopen op de koraalriffen te botsen die overal langs de kust net onder het wateroppervlak lagen. Zelfs 's nachts was hij blijven doorvaren omdat hij optimaal gebruik wilde maken van wat hij een schitterende wind noemde. Hij had zelf op de boeg gestaan met een van zijn mannen naast zich die zijn bevelen aan de stuurman moest overbrengen. Al die tijd had Smenkes zich onwel gevoeld. Enkele keren was hij naar boven gekomen in de hoop dat hij zijn zeeziekte overwonnen had, maar dat was telkens op braken geëindigd.

Hij besefte dat de wind was gaan liggen toen hij zijn kajuit niet meer zag schommelen en het gekraak van het schip was opgehouden. Hij liet zich uit zijn hangmat glijden en met knikkende knieën waggelde hij de trap op. Het weer was schitterend. Het zeil hing slap aan de ra. De zee was glad als een spiegel en de morgenzon toverde een gouden loper van de horizon naar het schip. Aan stuurboord zag hij in de verte een strand met palmbomen. De kapitein stond niet meer op de voorsteven. Smenkes zag dat hij naast de stuurman op de reling van de achtersteven zat. Wanneer die man sliep, was Smenkes een raadsel.

'Heer?'

Een van de soldaten die de voorraden bewaakte, stond naast hem. Smenkes gaf een wenk dat hij verder mocht praten.

'De broden zijn bijna op, de voorraad zoet water is uit de tonnen geklotst en de mannen zouden graag een stukje vlees achter de kiezen krijgen.'

Smenkes knikte.

'Ik zal het nodige doen.'

Als expeditieleider was het zijn plicht voor zijn mannen te zorgen zoals de farao deed voor zijn onderdanen. Hij liep over het dek naar de achtersteven.

'Welkom!' riep de kapitein. 'Ik zie dat je je eerste zeeziekte overleefd hebt. Het zal waarschijnlijk niet de laatste zijn. Kom erbij zitten en eet iets om weer op krachten te komen. Je ziet zo bleek als een schaaltje melk.'

Hij duwde Smenkes een homp brood en een beker bier in de handen. Het brood was zo mogelijk nog harder geworden dan de vorige keer.

'We moeten aan land gaan om brood te bakken en te jagen', zei Smenkes. 'Deze stenen zijn niet meer te vreten en de mannen hebben graag een stukje vlees.'

Hanno knikte.

'Ben je hier ooit al aan land gegaan?'

'Ikzelf niet, maar ik weet dat dit het gebied van de wilde volkeren is. Officieel zijn ze een deel van Ethiopië, maar van de koning trekken ze zich niets aan. Over andere zeevaarders heb ik horen vertellen dat ze gastvrij zijn, maar dat hun land niets te bieden heeft. Ze erkennen geen koningen en gehoorzamen aan geen enkele menselijke wet. Ze hebben geen schepen, geen paarden of wagens, geen potten of pannen. Ze gebruiken nog scherpe stenen om de dieren te villen en de karkassen in stukken te hakken. Ze hebben alleen vuur als de bliksem inslaat of als de zon delen van hun land afbrandt. Ooit heeft iemand geprobeerd handel met hen te drijven, maar dat is mislukt omdat ze niets te verhandelen hadden dan magere geiten en schurftige schapen. Ze leven gewoon van wat ze plukken en jagen.'

Die verhalen kende Smenkes ook. Directe buren van de Egyptenaren waren de Ethiopiërs niet. Tussen beide landen lag Nubië nog, het land van de sterke zwarte mannen. In Egypte werd verteld dat de Ethiopiërs onbetrouwbaar waren en bij het minste onraad in hun holen wegdoken. Sommige mensen die zogenaamd met hen in contact waren geweest, beweerden dat ze een mensenlichaam met een hondenkop hadden en dat ze blaften en beten omdat ze zowel van de mensen als van de honden afstamden. Anderen vertelden dat ze geen hoofd hadden en dat hun ogen, hun neus en hun mond op hun borst stonden. Smenkes wist niet of hij die fantasieën moest geloven. Zijn landgenoten zagen liever de hielen dan de tenen van de vreemdelingen en over buitenlanders konden ze over het algemeen niet veel goeds vertellen.

'We hebben niet meer nodig dan drinkbaar water en een stuk wild.'

Kapitein Hanno stopte de laatste korst brood met een uienrok in zijn mond en spoelde alles door met het resterende bier.

'Dan heb ik je mannen nodig om naar de kust te roeien', zei hij terwijl hij opstond. 'Want als we op de wind moeten wachten, liggen we hier over veertien dagen nog. Zeil ophalen en de roeibanken bemannen!'

Smenkes wist dat hij de bevelen moest doorgeven.

'Ahmose!' riep hij.

De officier kwam eraan.

'Tot uw dienst, heer.'

'We varen naar de kust. De mannen moeten eerst het zeil ophalen en dan hun plaatsen op de roeibanken innemen.'

Onmiddellijk schreeuwde Ahmose de bevelen door. Zes mannen klauterden in de mast en trokken het zeil omhoog. Al de anderen haalden de roeispanen van onder de banken en staken ze door de gaten in het water. Een stevige Feniciër ging met een grote trom op de voorplecht zitten en begon er ritmisch op te beuken. De mannen trokken aan de riemen en langzaam kwam het schip in beweging. De kapitein ging weer op de neus van het schip staan.

'Recht op de kust af!' schreeuwde hij.

Het schip zwenkte naar stuurboord. De kust schoof langzaam dichterbij.

'Vertragen!'

Het trommelen van de Feniciër vertraagde.

'Riemen ophalen!'

Nog even gleed het schip door het water. Ze waren niet verder meer dan een Nijlbreedte van de kust vandaan. Kapitein Hanno gooide een loden bol aan een touw in het water.

'Nog één riemslag!'

Nog even gleed het schip vooruit en schuurde toen met zijn neus over het zand.

'Anker uitgooien! Riemen binnenhalen.'

Telkens als de kapitein een bevel schreeuwde, herhaalde Ahmose dat nog eens, maar echt nodig was dat niet.

Toen lag het schip stil. Iedereen verdrong zich op de voorsteven om naar het strand te kijken, maar er was niets te zien tenzij een strook zand en scheef gewaaide kokospalmen. Nu was het de beurt aan Smenkes om zijn bevelen te schreeuwen. Hij aarzelde. De kapitein had de Ethiopiërs gastvrije mensen genoemd, maar de Egyptische verhalen vertelden iets anders. Misschien was het beter dit aan Ahmose over te laten. Die had meer ervaring met dergelijke toestanden.

'Ahmose!'

'Hier ben ik, heer!'

'Wat doen we?'

'Ik stel voor dat ik met tien man op verkenning ga. Pas als we zeker zijn dat alles veilig is, kan de rest volgen.'

'Prima.'

Meer dan enkele korte bevelen had Ahmose niet nodig om vijf speerwerpers en vijf boogschutters achter zich te scharen. Als eerste klauterde de officier over de reling en sprong in het water. Het kwam nauwelijks tot aan zijn middel toen hij al vaste grond onder zijn voeten voelde. Hij gaf zijn mannen een teken dat ze hem moesten volgen. Sommigen lieten zich voorzichtig in het water glijden, anderen sprongen erin en ploeterden aan land. Met armbewegingen maakte Ahmose duidelijk dat ze moesten uitwaaieren. In één lange rij verdwenen ze tussen de palmbomen.

Smenkes wachtte niet tot ze terugkeerden. Hij stuurde de bakker met drie soldaten naar beneden om de nodige gerst op te halen en het malen te starten.

'Heer, mogen we vissen?' vroegen enkele anderen. Ze stonden al met een net in hun handen. Smenkes zag geen reden waarom hij hen zou tegenhouden.

'Begin er maar aan.'

Meteen lieten de mannen zich in het water glijden. Voorzichtig waadden ze dieper de zee in tot enkel hun hoofd nog boven het water uitstak. Dan vouwden ze het net open en bleven onbeweeglijk staan. Smenkes wist niets van vissen. Hij kende die dieren enkel als gezouten of gedroogd voedsel dat af en toe in zijn opslagplaats terechtkwam.

Terwijl hij naar het strand bleef staren, zette hij op een rijtje wat hem te doen stond. De bakkers moesten een voorraad voor tien dagen maken. Daarna werd het brood te hard. Zes mannen moesten met zakken op zoek gaan naar drinkbaar water en de tonnen in het ruim tot aan de rand vullen. Tien mannen moesten aan boord blijven om zowel het schip als de lading te beschermen. In geval van nood konden ze met een hoorn de hele bemanning te hulp roepen. En dan bleven er nog genoeg mannen over om op jacht te gaan. Smenkes wist niet wat de Feniciërs gingen doen. Misschien bleven zij wel aan boord omdat er in het land van de Ethiopiërs toch niets te rapen viel. Als alles snel ging, hoefde dit oponthoud niet lang te duren. Toch hoopte Smenkes heimelijk dat hij ten minste één nacht niet in zijn benepen kajuit maar op het strand onder de palmbomen zou kunnen slapen. En hij moest van de gelegenheid gebruik maken om het stekelhaar op zijn hoofd te laten afscheren. Als hij ook nog een stuk geitenvlees, een schapenbout of een ribstuk van een aardvarken kon verorberen, was hij klaar om de volgende tien dagen op zee door te komen.

Toen zag hij Ahmose en zijn uitgewaaierde mannen van tussen de palmbomen het strand opkomen. De officier zwaaide met zijn armen om de aandacht te trekken.

'Niets te zien!' schreeuwde Ahmose. 'De streek is verlaten! Jullie kunnen komen!'

Onmiddellijk verdeelde Smenkes de opdrachten. De mannen die samen een karwei kregen toegewezen, vormden groepjes om te bespreken hoe ze het wilden aanpakken. Korte tijd later was het rustig op het schip. Het was alsof de Feniciërs van het oponthoud gebruik wilden maken om een dagje vrij te nemen.

'Ga je niet aan land, kapitein?' vroeg Smenkes luchtig.

Hanno haalde zijn schouders op.

'Straks misschien. Ik houd niet van zand tussen mijn tenen en in mijn oren.'

Smenkes wist niet wat hij ervan moest denken. Hadden de Feniciers misschien hun eigen agenda? Waren ze van plan alleen verder te varen en de Egyptenaren op dit verlaten strand achter te laten? Neen, dat geloofde Smenkes niet. Tenslotte bleven er tien Egyptische worstelaars op het schip achter die de vijftien Feniciërs ruimschoots de baas konden. Het punt was dat de mannen van kapitein Hanno geen contact zochten met zijn soldaten. Tijdens het werk konden ze elkaar niet ontlopen, maar 's avonds vormden ze twee groepen die elkaars gezelschap niet opzochten. En op het strand met de Egyptenaren verbroederen, zagen ze helemaal niet zitten.

'Tot straks dan.'

Smenkes kroop over de reling en liet zich in het water glijden. De zon maakte het al zo warm dat hij het heerlijk vond kopje-onder te gaan. Egyptenaren waren erg gesteld op netheid. Niemand van de hogere klassen haalde het in zijn hoofd tien dagen rond te lopen zonder ten minste één keer in de Nijl te duiken. Voor de aardigheid zwom Smenkes rond het schip en waadde dan naar het strand. Zijn lendendoek was kletsnat, maar het zou niet lang duren voor die weer kurkdroog was. Hij veegde het water van zijn gezicht en liet zich op het zand neerploffen naast Ahmose en zijn soldaten. Hun speren hadden ze met de punten in de grond gestoken. Een poosje werd er niet gesproken en allemaal lagen ze te genieten van de vaste grond onder hun voeten.

'Heb je sporen van mensen gevonden?' vroeg Smenkes.

'Sporen wel. Een nog warme stookplaats met botjes eromheen van afgekloven schapen- en geitenvlees. Mensen hebben we niet gezien, ook geen hutten of tenten waarin ze zouden wonen. Ik denk dat rondtrekkende herders hier onlangs halt hebben gehouden.'

Meer was er blijkbaar niet te zeggen. Smenkes ging rechtop zitten met zijn armen rond zijn knieën en keek van het strand naar het schip en dan naar de soldaten die hun speer in de grond hadden geplant. Hij dacht aan zijn logboek, waarin hij de laatste dagen niets meer had geschreven. En aan het probleem van de afstand waarvoor hij nog geen oplossing had gevonden. Hoeveel riviermaten hadden ze al afgelegd en hoeveel hadden ze er nog te gaan? Toen zag hij de fijne schaduw die een speer op het zand tekende. Kon hij daar iets mee? Hij wist wel dat de schaduwen meedraaiden met de zon en dat ze niet altijd even lang waren, maar gaf hem dat ook een aanwijzing over de afgelegde afstand? Hij wist het niet, maar een speer op de voorplecht plaatsen en drie keer per dag de lengte en de stand van de schaduw meten en noteren, kon zeker geen kwaad. Misschien waren er thuis wel geleerde mensen die daar iets mee konden aanvangen.

Hij sprong overeind en waadde terug naar het schip. Uit het ruim haalde hij een speer en prikte die in het voordek. Als hij nu met inkt of met houtskool de schaduw op de vloer markeerde, werd hij misschien wijzer. Zonder verder naar iemand om te zien, daalde hij de trap af naar zijn kajuit. Hij rolde de papyrusrol open en herlas wat hij de laatste keer geschreven had. Als hij de twee dagen met stijve bries erbij telde, moest hij zo verder gaan:

*Dag 22 van de maand Mesore.*

*Twee dagen heb ik niets geschreven omdat ons schip door een hevige wind werd voortgejaagd en de halve bemanning zeeziek is geworden. Het schip heeft geen schade opgelopen. Kapitein Hanno beweert dat we goed zijn opgeschoten. Om brood te bakken, vers water in te slaan en de manschappen de gelegenheid te geven te jagen en te vissen, zijn we in het gebied van de Ethiopiërs aan land gegaan. Kapitein Hanno noemt dit het gebied van de wilde volkeren omdat ze niets te kopen of te verkopen hebben. Op de voorplecht heb ik een speer in het dek gestoken en driemaal per dag zal ik de lengte en de richting van de schaduwen noteren.*

Hij stopte met schrijven. Vanavond kon hij er nog zoveel aan toevoegen als hij wilde. Zou het niet geweldig zijn als hij kon schrijven: in het land van de Ethiopiërs heb ik de kaneelboom gevonden...? Opgewonden rolde hij de papyrus op en liep weer naar boven. Hij sprong in het water en waadde naar het strand. Twee Fenicische matrozen volgden hem. Smenkes was ervan overtuigd dat Hanno hen had meegestuurd om te spioneren, maar hij kon hen moeilijk terugsturen. En wat de Egyptenaren onder elkaar bespraken, begrepen de Feniciërs toch niet.

'Is er iets, heer?' vroeg Ahmose verbaasd. 'U bent zo snel terug...'

'Groeit hier nog iets anders dan palmbomen?' vroeg hij.

Niet-begrijpend keek de officier hem aan.

'Daar heb ik niet op gelet, heer. Welke bomen zoekt u?'

'Kaneelbomen.'

'Hoe zien die eruit en hoe kunnen we ze herkennen?'

'Als je een klein beetje schors van een tak krabt, waait de geur van kaneel je tegemoet. Dat gaan we meteen onderzoeken', zei Smenkes beslist. 'Kom allemaal met mij mee.'

Zonder om te kijken liep hij onder de palmbomen door alsof hij grote haast had. Telkens als hij een boom of struik zag die geen palmboom was, ging hij eropaf om aan de takken te ruiken. Ahmose, zijn drie lijfwachten en de twee Feniciërs volgden hem op de voet.

'Heer, kijk! Daar beweegt iets!' riep een soldaat.

Nog net zag Smenkes dat iemand zich achter een boom verstopte.

'Hebt u dat gezien, heer?'

'Was dat een mens of een dier?' vroeg hij.

'Het was niet groter dan een kind. Zullen we gaan kijken?'

Smenkes knikte en wilde als eerste verder trekken, maar Ahmose hield hem tegen.

'Laat de soldaten eerst gaan, heer. Die zijn het gewoon met wapens om te gaan. Niets doen tenzij we worden aangevallen', beval hij.

Smenkes liet de soldaten voorgaan. Ze liepen door een dun bos en klommen langzaam hoger. Bij elke boom die geen palmboom was, bleef hij staan en brak er als dat mogelijk was een tak af. Smenkes besefte wel dat zijn speurtocht amateuristisch was. Hij was op zoek naar een speld in een hooiberg. Als er toch maar mensen waren aan wie hij iets kon vragen!

'Heer, kijk!'

Smenkes volgde de wijsvinger van Ahmose en zag nog net een kleine, zwarte gedaante wegflitsen. Toen zag hij nog andere kleine gestalten die van de ene boom naar de andere spurtten, maar hij kon niet zien of ze hondenkoppen of mensenhoofden hadden.

'Wij zijn hier niet alleen', stelde Smenkes nuchter vast. 'Uitkijken!'

Hij bleef staan en speurde verder de omgeving af.

'Zijn we omsingeld?' vroeg hij.

'Ik zie niets, heer', antwoordde Ahmose. 'Steek de speren met de punten in de grond om te laten zien dat we in vrede komen. Een confrontatie kunnen we niet riskeren.'

Zelf stak hij zijn armen omhoog om te laten zien dat hij ongewapend was, legde zijn handpalmen tegen elkaar en boog. Dan kwam hij weer recht en klapte in zijn handen. Van de kleine gestalten was niets meer te zien. Ahmose was er nochtans van overtuigd dat vele ogen op hem gericht waren.

'Waar zijn ze naartoe?' vroeg Smenkes.

'Ze hebben zich strategisch teruggetrokken en wachten af. Ze weten niet of ze ons kunnen vertrouwen.'

Ze speurden de omgeving af, maar zagen verder niets.

'Wat is de volgende stap?' vroeg Smenkes.

'Ik denk dat we nu een geschenk moeten achterlaten en naar het strand terugkeren...' zei Ahmose.

'Een geschenk?' nam Smenkes hem het woord af.

'Een lap stof of een kruik bier of een paar broden. Als ze nieuwsgierig zijn en iets willen kopen of ruilen, zoeken ze zelf wel contact met ons. Dat is in Nubië een veel gebruikte methode om veilig contact te leggen met onbekenden.'

Smenkes dacht even na en duidde met zijn wijsvinger een soldaat aan.

'Laat je speer hier en haal zo vlug mogelijk een kruik bier.'

De soldaat spurtte weg. Een kruik bier was een kleine prijs als hij daarmee de kaneelbomen kon vinden, bedacht Smenkes. In afwachting dat de soldaat terugkeerde, drentelden ze rond en tuurden tussen de bomen, maar er bewoog niets meer. Toen de bezwete soldaat de kruik bier aan Smenkes overhandigde, klapte Ahmose in zijn handen en boog opnieuw.

'Een geschenk!' schreeuwde hij.

Hij nam de kruik bier van Smenkes over en zette ze op de grond.

'Nu moeten we ons terugtrekken op het strand.'

Langzaam en rustig keuvelend liepen de mannen het bos uit en gingen op enkele ellen van de waterlijn zitten. De dertien Feniciërs hadden het schip nog niet verlaten. Ze hadden er duidelijk zin in want de muziek van een fluit en een tamboerijn was tot op het strand te horen. Een beetje verderop waren de bakkers bezig het brood te bakken op een aarden plaat waaronder ze een vuur hadden gemaakt. Het zouden platte broden worden, niet veel dikker dan een stevige pannenkoek, maar die hadden het voordeel dat ze, zelfs hard, nog gemakkelijk te eten waren. En het geroep van de vissers wees erop dat ze iets in hun netten gevangen hadden.

'Wat nu?' vroeg Smenkes.

'Wachten.'

Afwachten was niet de sterkste kant van Smenkes. Hij was het gewoon initiatieven te nemen en de problemen aan te pakken nog voor ze hinderlijk werden. Hij besefte echter dat Ahmose meer verstand had van dit soort dingen dan hij. Die had als officier in Nubië en Syrië gediend, die had vreemde volkeren leren kennen en een staat van dienst opgebouwd die hem op jeugdige leeftijd het bevel over de opslagplaats had opgeleverd. Het was dus verstandig zijn raad op te volgen.

In afwachting had Smenkes zin om iets te eten en te drinken, maar dat kon hij niet doen. Hij had zelf de regel ingevoerd dat er tweemaal per dag gegeten en driemaal gedronken werd, hij kon nu zijn eigen regels niet overtreden. In plaats daarvan ging hij op het zand liggen en sloot zijn ogen...

'Heer, kijk!'

Smenkes schrok wakker doordat Ahmose tegen zijn arm stootte.

'Wat is er?' vroeg hij verdwaasd.

'Onze kruik staat onder de bomen met een schaal ernaast!'

Eerst wist Smenkes niet waar zijn officier het over had. Pas toen hij de wijsvinger van Ahmose volgde, zag hij een bierkruik met nog iets ernaast onder de eerste palmboom staan.

'Hoe is die hier gekomen?' vroeg hij. 'Heeft iemand gezien wie die kruik heeft teruggebracht?'

Niemand had iets gezien.

'Betekent dit dat ze ons geschenk weigeren?' vroeg Smenkes aan Ahmose.

'We zullen zien.'

Hij gaf een soldaat de opdracht de kruik en de schaal op te halen.

'Ze is nog vol', constateerde Smenkes toen ze voor zijn voeten stond.

'Maar er zit geen bier meer in!' riep Ahmose triomfantelijk.
Hij vouwde zijn handen tot een beker.

'Schenk maar eens vol.'

Een soldaat goot zijn handpalmen vol en Ahmose dronk ervan.

'Palmwijn', zei hij terwijl hij zijn lippen aflikte. Toen bekeek hij de schaal die gevlochten was van palmboombladeren. Er lag iets op dat op dikke, uitgerekte kikkererwten leek.

'Geroosterde wormen', zei Ahmose. 'De Nubiërs beschouwen dat als een lekkernij.'

Hij nam er een tussen duim en wijsvinger en stak de worm in zijn mond.

'Mm, lekker!'

Smenkes kon aan zijn gezicht niet zien of hij het meende.

'Ze hebben ons geschenk aanvaard en een evenwaardig presentje teruggestuurd', zei Ahmose. 'Ze zoeken contact met ons.'

Smenkes glimlachte. Dit ging vlotter dan hij gehoopt had.

'Wat is de volgende stap?'

'Allereerst willen ze dat we van hun palmwijn drinken en van hun wormen eten. Volgens mij houden ze ons in het oog. Het helpt als we laten blijken hoe lekker we het vinden.'

Smenkes nam eerst een worm van de schaal, zette daarna de kruik aan zijn lippen en dronk van de palmwijn. Hm, lekker! Hij hoefde niet te doen alsof. In Egypte waren er ook mensen die het sap van de palmbomen aftapten en dat lieten vergisten tot palmwijn, maar die was meestal zuur en smaakte alleen goed als je uitgedroogd uit de woestijn terugkeerde.

'En nu?' vroeg Smenkes toen ze allemaal gegeten en gedronken hadden.

'Iemand van ons moet met een tweede geschenk onder de boom gaan zitten en wachten tot de tegenpartij naar hem toe komt.'

'Zal ik gaan?' stelde Smenkes voor.

'In geen geval. Voor zo'n eerste ontmoeting komt de baas niet zelf, hij stuurt een bediende die in zijn naam kan spreken en de ontmoeting van de twee bazen voorbereidt. Ik stuur een soldaat met enkele broden.'

De soldaat was net onder de palmboom gaan zitten en hij had de broden voor zich neergelegd, toen er vanachter een boom een klein mannetje verscheen dat vijf el voor hem op de grond ging zitten. Uit een buideltas diepte hij kleine voorwerpen op die hij voor zich op de grond uitstalde. Smenkes hoorde dat de kleine, zwarte man met klakkende geluiden sprak en dat de soldaat probeerde te antwoorden, maar het was duidelijk dat een echt gesprek niet mogelijk was. Toen schoof de Ethiopiër zijn voorwerpen naar voren, de soldaat deed hetzelfde met de broden. Tegelijk schoven ze dichter naar elkaar toe tot de broden voor de zwarte man en de voorwerpen voor de soldaat lagen. De Ethiopiër raapte de broden op, stak ze in zijn buidel, stond op en verdween even snel als hij gekomen was. Smenkes zag dat zijn soldaat de voorwerpen van zijn tegenspeler opraapte en opstond.

'Wat heb je?' vroeg Ahmose toen de soldaat naast hem was gaan zitten.

Hij legde de voorwerpen voor Smenkes en Ahmose op het zand. Ahmose boog zich voorover om de geschenken nauwkeuriger te bekijken.

'Godenbeedjes uit ivoor, eetbare wortels en...'

'Wat zijn die rode bollen?' vroeg Smenkes.

'Noten', antwoordde Ahmose. 'Te hard om op te eten. Het zijn tekens dat de onderhandelingen verder kunnen gaan.'

'Is dat alles wat ze te bieden hebben?' vroeg Smenkes ontgoocheld.

'Ik vrees van wel, heer. Tenzij er in het land dingen te vinden zijn die zij niet gebruiken en niet kennen.'

Smenkes antwoordde niet en dacht na. Het was moeilijk om een kaneelboom te vinden als de plaatselijke bewoners hem niet kenden. Hoe moest hij uitleggen wat hij zocht?

'Loont het wel de moeite om hiermee door te gaan?' vroeg hij aan Ahmose.

De officier haalde zijn schouders op.

'Ik denk het niet, heer,' antwoordde hij, 'anders zou kapitein Hanno hier wel bij ons zitten.'

Toen hoorden ze kabaal in het bos. De mannen die vertrokken waren om te gaan jagen, kwamen het strand op. Aan een lichte boomstam die twee mannen op hun schouders droegen, hing een bloedend aardvarken en aan een andere bengelde iets als een aap of een kind. Smenkes en Ahmose liepen op de jagers toe.

'Wat hebben jullie meegebracht?' vroeg de officier.

'Een aardvarken en... iets dat lijkt op een mens.'

Ze legden hun tak op de grond en knoopten het wezen los. Ontdaan stond Smenkes ernaar te kijken. Dit was een mens, pikzwart van huid en niet groter dan twee en een halve el, maar toch een mens, een perfecte kopie van de zwarte man die tegenover de soldaat had gezeten! Over zijn schouder hing een koker met kleine pijltjes en een blaaspijp. Dwars door zijn borstkas stak een pijl.

'Waarom hebben jullie hem gedood?' vroeg Ahmose streng. 'Heeft hij iemand aangevallen?'

'We dachten dat het een aap was of een onbekend roofdier. Iemand meende een hondenkop te zien. En ze waren veel talrijker dan wij. Ze reageerden niet op ons geroep en verdwenen zomaar in de grond. En toen er een uit de grond kroop, was het alsof hij ons wilde aanvallen...'

Smenkes boog zich voorover en trok de koker met de pijltjes van de schouder van de dode man. Het minste dat ze konden doen was het lichaam wassen en het een behoorlijke begrafenis geven. Hij hoopte maar dat dit geen verdere gevolgen zou hebben. Misschien moest hij wel een groot geschenk onder de palmbomen leggen om te laten zien hoe erg hij de dood van deze man betreurde.

'Heer, hebt u een ogenblik?'

Ahmose nam Smenkes onder de arm en trok hem mee tot waar de anderen hen niet meer konden horen.

'Heer, ik denk dat we moeten maken dat we wegkomen. Wij hebben een mens vermoord! Als de Ethiopiërs op de Nubiërs lijken, zullen ze meteen wraak willen nemen en ik heb maar vijftig soldaten! Hier op het strand hebben we niets om dekking te zoeken en het bos kennen zij veel beter dan wij. Ze moorden ons uit tot de laatste man!'

'Kunnen we geen genoegdoening geven door een groot geschenk achter te laten?'

Ahmose schudde zijn hoofd.

'Een mensenleven is voor hen meer waard dan het mooiste geschenk dat we te bieden hebben.'

Smenkes begreep dat er snel gehandeld moest worden.

'Mannen, inpakken en zo snel mogelijk naar het schip! Help de bakkers en de dragers om alles aan boord te krijgen!' schreeuwde hij. 'Er hangt wraak in de lucht, we moeten meteen vertrekken! De plaatsen op de roeibanken innemen!'

Eerst keken de mannen hem niet-begrijpend aan, maar toen hij in zijn handen klapte en met zijn polsen draaide, haastten ze zich naar het schip. Zelf bleef Smenkes op de waterlijn staan om de mannen aan te sporen er spoed achter te zetten.

Toen zoefden de eerste pijltjes over het strand. Kleine, zwarte mannetjes kwamen razendsnel aanlopen, schoten een regen van pijltjes af en verdwenen weer achter de bomen. Toen de eerste groep verdwenen was, schoot een tweede aanvalsgolf vooruit. Er was geen tijd om de verdediging te organiseren. Vluchten was het enige dat telde.

'Weg!' schreeuwde Ahmose. 'Dat zijn gifpijltjes. Duik in het water!'

Zelf trok hij Smenkes mee en liet hem pas los toen ze door het schip beschermd werden. Snel klauterden ze aan boord. Kapitein Hanno stond verbouwereerd naar de drukte te kijken.

'Wat is er aan de hand?' stamelde hij.

'Vertrekken!' schreeuwde Smenkes. 'Ahmose, organiseer de verdediging!'

Zelf liep hij naar de voorplecht om de situatie op het strand te evalueren. Vijf mannen lagen onbeweeglijk op het strand! Was het mogelijk dat ze door die kleine pijltjes waren neergeschoten? Terugkeren om hen te gaan halen, was niet mogelijk. Van onder de palmbomen kwamen tientallen kleine mannetjes schreeuwend het strand opgerend.

'Roeien!'

Smenkes durfde er niet aan te denken wat er zou gebeuren als die allemaal het water indoken en op het schip zouden klauteren.

'Roeien!' herhaalde hij.

Langzaam dreef het schip weg van het strand. Smenkes zag dat de kleine, zwarte mannen zich op zijn soldaten stortten en ze met scherpe stenen in stukken hakten. Hij wilde terugkeren om de aasgieren te verjagen, maar hij besefte dat dat niet kon. Alles was misgelopen! Woede en ontgoocheling vochten met elkaar.

'Wie heeft die Ethiopiër doodgeschoten?' schreeuwde hij.

Een soldaat stond op van de roeibank.

'Ik, heer, maar het was een vergissing...'

Smenkes luisterde niet naar hem en verkocht hem zo'n dreun dat hij achteroversloeg. Daarna stampte hij hem in het gezicht alsof hij een schorpioen wilde vertrappelen. Toen stopte hij en liet zijn woede bezinken. Deze straf was veel te licht voor zo'n vergrijp, maar Smenkes besefte dat hij deze man nog nodig had als hij veilig naar Egypte wilde terugkeren. Hij had al vijf manschappen verloren.

'Wie zijn de slachtoffers?' vroeg hij kalm.

Toen bleek dat er drie Egyptenaren en twee Feniciërs waren omgekomen. Meteen staakten de Feniciërs het werk en begonnen luidkeels te weeklagen en hun god Baäl om bescherming te smeken. Meewarig stonden de Egyptenaren ernaar te kijken. Zij vonden het ook erg wat hun makkers was overkomen, maar ze vonden het niet nodig daar zo een misbaar rond te maken. Voor velen van hen was de godsdienst een uitvinding van de rijke heren om hun macht te tonen en te bestendigen en de gewone mensen onder de knoet te houden. Een menselijk leven vóór de dood vonden ze veel belangrijker dan een mogelijk leven in het hiernamaals.

’s Avonds schreef Smenkes in zijn logboek:

*Het contact met de Ethiopiërs is op een catastrofe geëindigd. Wij hadden bijna vriendschap met hen gesloten toen een soldaat per ongeluk een Ethiopiër met een pijl doorboorde. Daarop hebben de Ethiopiërs ons aangevallen en ons van het strand verjaagd. Vijf mannen zijn bezweken onder de gifpijlen van de vijand: de Egyptenaren Oeserkaf, Teti en Sechemchet, de Feniciërs Hiram en Mochus. Jammer genoeg hebben we hen niet kunnen begraven omdat de vijand zijn woede op de lijken heeft gekoeld. De Ethiopiërs hebben geen hondenkoppen en ik heb ze niet horen blaffen.*

*Kapitein Hanno is razend. Door de dwaasheid van een soldaat heeft hij twee mannen verloren. Daarbij wil hij als Feniciër niet bij dergelijke incidenten betrokken worden, dat bezorgt zijn land een slechte reputatie. Hij eist dat de moordenaar gemarteld en gedood wordt. Zinloze moorden leiden tot wraak van de god Baäl als er geen genoegdoening komt. Ik heb hem erop gewezen dat er van onze kant al drie ‘genoegdoeningen’ gevallen zijn, dat ik de leider van de expeditie ben en dat hij zich niet mag bemoeien met beloningen of straffen van mijn mannen. Ook Ahmose heeft het in Hanno’s ogen verkorven. Volgens Hanno had hij beter moeten uitkijken voor hij de anderen aan land liet gaan.*

*Wij hebben een zoetwater- en broodvoorraad voor tien dagen, daarbij verse vis en vlees voor enkele maaltijden. Bier is er nog in overvloed. De bomen waaraan ik geroken heb, zijn geen kaneelbomen.*

*De kust is gemakkelijk bereikbaar en het schip kan bijna het strand opvaren. In deze streek kunnen we ons linnen, allerlei huisraad, ijzeren wapens en messen aan de man brengen, maar wat wij in de plaats kunnen krijgen, heb ik niet kunnen ontdekken. Een koker met gifpijltjes van twee handpalmen lang is het enige dat ik van deze plaats meeneem. De pijlen zijn wel dodelijk. Handelaars zullen erg voorzichtig te werk moeten gaan om het vertrouwen van de inwoners opnieuw te winnen.*

De volgende dagen was het koude oorlog tussen Smenkes en Hanno. De noodzakelijke gesprekken waren kort en zakelijk want de kapitein bleef de terechtstelling van de Egyptenaar eisen die volgens hem verantwoordelijk was voor de dood van zijn twee mannen. Als echte zakenman wilde hij wel genoegen nemen met een compensatie in de vorm van linnen of gerst. Het lag er vingerdik op dat dat niets met de goden en alles met commercie te maken had. Eerst had Smenkes er geen oren naar, maar voor de goede gang van zaken sloot hij toch een deal met Hanno. Wanneer ze terug in Egypte waren, kon hij alles rapporteren en de prijs van de overeenkomst van de gage van de kapitein laten afhouden.

# 4

Dagenlang blies de noordenwind het schip verder naar het zuiden zonder dat er iets vermeldenswaardigs gebeurde. De maand Mesore zat er al op en de Epagonale dagen[8] en het begin van het nieuwe jaar waren zonder feestgedruis voorbijgegaan. De mededelingen die Smenkes in zijn logboek schreef, waren bijzonder bondig. *Aan Hanno twintig el linnen afgestaan als genoegdoening voor het verlies van twee Fenicische mannen.* Of nog: *Aan land gegaan om een nieuwe voorraad zoet water in te slaan.*

Ook met Ahmose had Smenkes de gebeurtenissen besproken. Niet dat zijn officier verantwoordelijk was voor de dood van de vijf mannen, maar hij had toch beter uit zijn doppen moeten kijken toen hij het strand verkende en aan de mannen die gingen jagen had hij duidelijker instructies moeten geven. Ahmose had er zijn lessen uit getrokken. Niemand ging meer van boord voor de omgeving nauwkeurig was verkend en uitgekamd. Voor het overige was Smenkes niet van plan over de ramp te blijven doorzeuren. Hij beschouwde het als een pijnlijk ongeval dat hem geleerd had nog voorzichtiger en alerter te zijn dan ervoor.

Telkens als de zee kalm was, zat hij op de scheepsrand aan bakboordzijde naar de kust te staren in de hoop iets te ontdekken dat zijn expeditie zin zou geven. En elke morgen, middag en avond mat hij nauwkeurig de lengte van de schaduw van de speer die hij in het voordek had geplant. Smenkes wist niet wat het betekende, maar hij was er zeker van dat de middagschaduw elke dag een heel klein beetje korter werd.

'Land in zicht aan stuurboord!'

---

[8] Na de maand Mesore kwamen in de Egyptische kalender vijf Epagonale dagen waarop de geboorte werd gevierd van Osiris, Horus, Seth, Isis en Nefthys. Om de vier jaar kwam daar nog een schrikkeldag bij. De eerste dag van de maand Tahuti (1 augustus) was het begin van het nieuwe jaar.

Smenkes sprong overeind. De hele reis al had hij naar bakboord gekeken, maar nu was er aan stuurboord iets te zien! Hij liep naar de voorplecht en volgde de uitgestoken wijsvinger van de matroos. In de verte dook boven de heiige zee iets als zandheuvels op.

'De toegangspoort tot de Rode Zee', zei Hanno, die naast hem was komen staan. Vrienden waren de kapitein en de expeditieleider nog niet geworden, maar sinds ze de overeenkomst gesloten hadden, praatten ze weer normaal met elkaar. 'Dit is de plaats waar Arabië en Afrika het dichtst bij elkaar liggen en waar parfums, dure oliën en parels uit de Rode Zee verhandeld worden.'

'Kijk, heer, een eiland!' riep een soldaat.

In het midden van de toegangspoort lag inderdaad een eiland als een veel te kleine kurk om de flessenhals af te sluiten. Hoe dichter ze kwamen hoe duidelijker alles werd. Het eiland stond op het eerste gezicht vol palmbomen, maar bij nader toezien stonden er ook witte huizen gegroepeerd in een kleine stad. Er was zelfs een aanlegsteiger die wel een kwart van een riviermijl in de zee doordrong. Daar lagen enkele schepen aangemeerd die er helemaal anders uitzagen dan de vaartuigen die Smenkes al had gezien. En tussen het eiland en het vasteland van Afrika voeren kleine bootjes heen en weer.

Aandachtig nam Smenkes alles in zich op. Vanavond wilde hij een kaart tekenen die de toekomstige Egyptische zeevaarders konden gebruiken. Hij begreep niet waarom zijn landgenoten hier niet talrijk aanwezig waren. Dit was bij manier van spreken de achtertuin van zijn land en de parfums uit Arabië waren schaars en onbetaalbaar in Egypte. Was er dan geen enkele handelaar die tot hier wilde of durfde te varen?

'Zijn hier geen Egyptische of Fenicische handelaars? vroeg Smenkes.

'Weinig. Veel schepen uit het noorden komen hier niet. Het grootste deel van het jaar waait er een noordenwind over de Rode Zee. Van Klysma naar hier varen is geen probleem, maar zonder roeiers terugkeren is erg moeilijk en vraagt heel veel tijd. Alleen in de maanden Payni[9] en Epipi[10] waait de wind soms uit het zuiden en kunnen de schepen tot halverwege de Rode Zee varen. De goederen die hier uit Arabië en het Oosten worden aangevoerd, worden meestal op dromedarissen overgeladen en door de Nabateeërs naar de Middellandse Zee gebracht.'

Smenkes knikte. Hij wilde met eigen ogen zien wat hier verhandeld werd.

'Ik wil aan land gaan', zei hij.

'Als we zo ver raken', antwoordde Hanno droog. 'Kijk maar! Het is beter hen niet aan boord te laten komen.'

Van alle kanten kwamen kleine bootjes naar hen toe. Sommigen waren niet groter dan de rieten Nijlbootjes en Smenkes vreesde dat ze met elke golf zouden omslaan, maar dat gebeurde niet. Integendeel. Mannen met tulbanden op hun hoofd, flesjes en potjes in hun handen en lappen stof over hun schouders stonden rechtop in hun bootjes en probeerden al roepend de aandacht te trekken. Ze voeren tot tegen de zijwanden van het schip en probeerden acrobatisch aan boord te klimmen.

'Niemand aan boord laten komen!' beval Smenkes. 'Maar niet brutaal te werk gaan!'

Hij wilde absoluut een herhaling vermijden van de ramp die hen eerder had getroffen. Daarbij was dit niet de manier van zaken doen die hij in gedachten had.

Glimlachend maar kordaat beletten de soldaten de verkopers aan boord te klimmen en met de roeispanen duwden ze de bootjes weg van de zijkanten. Dat was nodig want er moest geroeid worden om bij de aanlegsteiger te komen. En toen dat eindelijk gelukt was, werden hun niet alleen vanuit de zee, maar ook nog vanaf de aanlegsteiger allerlei dingen aangeboden.

'Ahmose, beveilig het schip!' riep Smenkes. 'En geef mij een escorte mee van vijftien man om aan land te gaan.'

---

9 28 april tot 26 mei.

10 27 mei tot 26 juni.

De officier schreeuwde zijn bevelen en de soldaten haastten zich die uit te voeren. Ondertussen daalde Smenkes af naar zijn kajuit, trok een schone lendenschort aan, stak enkele goudstukken in zijn heuptas en nam de scepter die hij als teken van zijn waardigheid had meegekregen. In Egyptische ogen zag hij er belangrijk uit. Hij voelde zich ook een beetje als een kleine farao die de roem en de eer van het land hoog moest houden.

'Kapitein, komt u mee?' vroeg hij aan Hanno toen hij weer op het dek stond. Meteen knikte de kapitein van ja. Smenkes had dat verwacht. Dit was geen verlaten strand maar een echt handelscentrum waar ook Hanno iets van wilde opsteken.

'Is het escorte klaar?'

'Jawel, heer!' antwoordde Ahmose.

Als eerste sprong hij met zijn mannen op de aanlegsteiger. Ze duwden de handelaars opzij om Smenkes en Hanno de gelegenheid te geven ongestoord aan wal te gaan. Als twee belangrijke heren stapten Smenkes en Hanno op de aanlegsteiger en liepen keuvelend naar het vasteland. Hun eerste stop was het kantoor van de havenkapitein. Smenkes betaalde de drie goudstukken aanlegrecht en liep de hoofdstraat in. Pas toen keken ze hun ogen uit op de talrijke kramen die daar stonden opgesteld en de meest verschillende producten te koop aanboden. Reukwaren uit Arabië, stoffen uit Indië, vijgen en dadels in enorme hoeveelheden, parels en paarlemoeren schelpen en overal probeerden verkopers hen dichterbij te lokken in een taal die ze niet verstonden. Af en toe stopte Smenkes om aan een parfum te ruiken, hier en daar proefde hij een vijg en een dadel, maar hij deed telkens alsof het product hem niet interesseerde. Ondertussen sloeg hij de interessante dingen wel op in zijn geheugen. Linnen stoffen geweven van het fijnste vlas uit Egypte lagen hier niet op de markt. Stevige stoffen om tenten en zeilen van te maken al evenmin. De Egyptische specialiteiten waren nog niet tot hier doorgedrongen. In tijden van hongersnood moest het mogelijk zijn hier een scheepslading vijgen en dadels te ruilen voor de stoffen uit Egypte. En als Egyptische handelaars hier parfums ophaalden, konden ze die met grote winsten in de landen rond de Middellandse Zee verkopen. Hier en daar stopte hij om een kruikje parfum te ruilen voor een lap stof of een kunstig bewerkte scarabee. Ook bij de handelaars in geurige kruiden bleef hij staan, maar veel kaneel lag hier niet, de prijs was even hoog als in Egypte en hij kon niet te weten komen waar ze hun kaneel vandaan haalden. Zijn grote slag zou hij hier niet slaan.

Nadat ze een kwart van een riviermaat gelopen hadden, kwamen ze op een plein dat helemaal omgeven was door witte huizen. In het midden stond een verhoog waarop zwarte mannen en vrouwen stonden tentoongesteld. Daarvoor stonden mannen met tulbanden en brede, zwarte mantels te overleggen.

'Een kleine slavenmarkt', fluisterde Hanno.

Dat had Smenkes nog nooit gezien. In Egypte waren ook slaven, maar die werden niet op de markt verhandeld. Dat waren meestal krijgsgevangenen die niet doodgeknuppeld waren of mannen die hun schulden niet konden aflossen of vrouwen die door iedereen verlaten waren en zichzelf tot slavin hadden gemaakt om te overleven. Af en toe stuurde de farao zijn soldaten uit op slavenjacht omdat hij gratis werkkrachten zocht voor zijn bouwwerken of goedkope soldaten voor zijn leger, maar die werden zelden doorverkocht. Vooral de Nubiërs waren gegeerd als slaven en sommige avonturiers waren gespecialiseerd in de slavenjacht en verdienden daar rijkelijk aan. Nieuwsgierig ging Smenkes dichterbij. Op het verhoog stonden vijf stevige mannen aan handen en voeten gebonden en twee vrouwen. De mannen zagen er sterk en gezond uit, de vrouwen waren trotse jonge meiden die over hem heen keken alsof hij de slaaf was en niet zij. Hoe waren die slaaf geworden?

Hanno stootte hem aan.

'Zou het geen goed idee zijn hier één of twee slaven te kopen om de dode mannen te vervangen?' stelde hij voor.

Smenkes dacht na. Als Hanno twee slaven wilde om zijn dode mannen te vervangen, dan moest hij ze maar betalen met de compensatie die hij gekregen had. Meteen daarop bedacht hij dat hij ook drie man verloren had en dat hij drie extra soldaten, die hem alleen gehoorzaamden, goed kon gebruiken als hij de controle over het schip wilde behouden. Hij wenkte Ahmose om dichterbij te komen.

'Kunnen we drie mannen gebruiken?' fluisterde hij terwijl hij zich van Hanno afkeerde.

Ahmose bekeek de mannen van top tot teen alsof hij de koopwaar keurde.

'Zeker wel, heer. Ze zien er gezond en sterk uit. Ik zal wel soldaten van hen maken.'

Smenkes knikte en draaide zich weer naar Hanno.

'Heb je enig idee van de prijs?' vroeg hij zo neutraal mogelijk.

'Meer dan tien el linnen mag je per stuk niet bieden.'

Een man met een tulband en een zwarte mantel om kwam op hen toe. Ze begrepen wel dat hij hen aansprak en een voorstel deed, maar ze snapten niet wat hij zei. Smenkes zette twee stappen naar voren, wees met zijn staf drie zwarte mannen aan en wreef zijn duim en wijsvinger over elkaar. Met zijn stok schreef de man iets in het zand, maar ook daar werd Smenkes niet wijzer van.

'Het is moeilijk zaken doen als je elkaar niet begrijpt', zei hij moedeloos.

'De taal is geen obstakel', zei Hanno droogjes. 'Wij drijven handel met volkeren die een taal spreken waar we geen jota van begrijpen. Kijk maar hoe wij het doen.'

Hij wenkte de verkoper dat hij hen moest volgen en liep rustig terug naar het schip.

'Als ik u was, zou ik vijftien el linnen bovenhalen', zei hij tegen Smenkes. 'Misschien neemt hij daar wel genoegen mee en dan heb je een goede zaak gedaan.'

Smenkes begreep niet wat de bedoeling was, maar hij gaf het bevel vijftien el linnen uit het ruim te halen. Hanno trok de soldaat met de rol linnen tot voor de slavenverkoper. Die betastte de stof en rolde ze uit om de lengte te schatten. Toen schudde hij zijn hoofd en zette een stap achteruit.

'Hij vindt dit te weinig', mompelde Hanno. 'Doe er nog vijf el bij.'

Zelfs met de vijf el erbij vond de verkoper de geboden prijs duidelijk onvoldoende. Hij schudde zijn hoofd en begon in een onbegrijpelijke taal en met veel gebaren een uitleg te geven die niemand begreep. Smenkes zuchtte, maar Hanno trok een gezicht alsof hij erg teleurgesteld was. Hij duwde de verkoper tegen de schouder en draaide zich om alsof de onderhandelingen definitief waren afgesprongen. Ook de slavenverkoper had zich al omgedraaid en liep weg van het schip, maar voor hij tien passen ver was, keerde hij op zijn stappen terug. Meer jammerend dan sprekend wendde hij zich tot Hanno. Hij keerde zijn zakken binnenstebuiten en wees op zijn versleten sandalen en zijn afgedragen kleren.

'Hij wil mij laten geloven dat hij een arme sukkel is', mompelde Hanno. 'We hebben niet veel meer nodig om onze slag thuis te halen. Doe er nog twee el linnen bovenop.'

Toen dat voor de voeten van de slavenverkoper lag, stak Hanno zijn hand uit. Met tegenzin, alsof hij een slechte zaak deed, klopte de verkoper met zijn rechterhand op de handpalm van de kapitein.

'De koop is gesloten', zei Hanno. 'Ik denk dat we een goede zaak hebben gedaan.'

Met gebaren maakte hij duidelijk dat de slavenhandelaar zijn koopwaar moest gaan halen en dat ze op hem zouden wachten.

Geen kwartier later stond de verkoper er met de drie slaven die Smenkes met zijn staf had aangewezen. Hij gaf aan zijn bediende de opdracht het linnen mee te nemen en achter elkaar liepen ze terug naar het vasteland.

'Ahmose, neem de gevangenen over.'

De officier had hem beloofd dat hij van de slaven dappere soldaten kon maken, hij moest het nu maar bewijzen ook.

Smenkes had zin om meteen weg te varen. Hij had genoeg stalen van alle koopwaar verzameld om de farao een idee te geven van de mogelijkheden van deze stad. Meteen wegvaren kon echter niet, bedacht hij. Zijn mannen waren al meer dan een maand op zee, ze hadden een dag en een nacht rust en ontspanning verdiend en waar konden ze die beter vinden dan in deze levendige havenstad?

'We blijven hier liggen tot morgenmiddag', zei Smenkes tegen de kapitein. 'Ik geef mijn mannen de toestemming om de stad in te trekken.' En tegen Ahmose: 'Zorg voor de bewaking van het schip. Wie geen dienst heeft, is vrij tot morgenmiddag.'

De soldaten die het hoorden, juichten en vertelden het nieuws door.

'En zorg dat je van het zilverstuk van de farao nog iets overhoudt!' riep hij.

De soldaten hoorden hem al niet meer. Vanaf de voorsteven zag Smenkes dat Ahmose de wachtbeurten verdeelde en dat de gelukkigen juichend naar de stad liepen. Zelf was hij ook niet van plan op het schip te blijven, maar hij kon wachten tot de gewone manschappen vertrokken waren. Wat de Feniciërs gingen doen wist hij niet, maar ze stonden niet te springen om met de Egyptenaren mee te gaan. Pas toen het weer rustig was op het schip, ging Smenkes naast Ahmose zitten. Die probeerde een gesprek aan te knopen met de drie slaven, die op een roeiersbank vastgebonden waren.

'Een van hen is een Nubiër,' zei Ahmose, 'die door slavenjagers gevangen is. Hij spreekt een taal die ik een beetje versta uit de tijd dat ik officier was in zijn land. Hij wil terug naar huis...'

'Dat kan ik mij voorstellen,' reageerde Smenkes droog, 'maar wij kunnen niet terugvaren om hem voor zijn hut te deponeren. En de twee anderen?'

Ahmose haalde zijn schouders op.

'Daar begrijp ik geen woord van, maar de Nubiër kan eventueel als tolk optreden.'

'Beloof hun de vrijheid wanneer we in Egypte terugkeren, op voorwaarde dat ze loyaal met ons meewerken', zei Smenkes.

Ahmose knikte en probeerde met handen en voeten de boodschap over te brengen. Gemakkelijk ging het niet, maar na een tijdje zag Smenkes dat de gezichten van de slaven opklaarden.

'Hebben ze het gesnapt?' vroeg Smenkes.

'Ik denk het wel.'

'En gaan ze akkoord met de voorwaarden?'

Na een nieuwe uitleg van Ahmose zag Smenkes hen knikken.

'Dan mogen ze zich, zodra we morgen vertrekken, vrij over het schip bewegen. Geef hun voor alle veiligheid een bewaker die hen de eerste dagen in het oog moet houden.'

Smenkes stond op.

'Gaan we samen de stad in?' stelde hij voor.

Ahmose knikte.

'Daar ben ik wel aan toe', antwoordde hij. 'Een maand op zee is geen beloning voor een zandstuiver als ik.'

Samen liepen ze de aanlegsteiger af tot bij een kroeg aan de waterkant. Egyptisch bier hadden ze niet, maar de Syrische wijn die hier door de Nabateeërs werd aangevoerd was ook lekker en er zat een snuifje kaneel in. De waard wist wel dat die door handelaars uit de Arabische Golf werd aangevoerd, maar in welk land hij geoogst werd kon hij niet vertellen. In deze omstandigheden kon Smenkes er zich niet druk om maken: de wijn vloeide rijkelijk en de vriendelijkheid van de animeermeisjes moest niet onderdoen voor die van hun Egyptische collega's en de nacht was lang en het schip zou pas volgende middag vertrekken...

Pas tegen de avond van de volgende dag was hij fit genoeg om zijn logboek in te vullen.

*Vijftiende dag van de maand Tahuti.*

*Gisteren aangemeerd op het eiland dat de Rode Zee afsluit. Aan de havenkapitein heb ik drie goudstukken aanlegrecht betaald. Op het eiland dat de bewoners zelf het Bergeiland noemen, is een kleine havenstad waar veel handel wordt gedreven. Aan wal gegaan en de markt verkend. Metalen worden er niet verhandeld, des te meer kruiden en parfums. Van alle parfums en kruiden die ik heb geruild, heb ik een staal meegebracht. De flesjes en kruikjes van deze plaats heb ik gemerkt met een I. In jaren van hongersnood kunnen er vijgen en dadels geruild worden voor linnen stoffen. Op de kleine slavenmarkt heb ik drie slaven geruild voor tweeëntwintig el linnen om de drie gesneuvelde soldaten te vervangen. De manschappen vrij gegeven tot vanmiddag. Iedereen was op tijd aan boord. Vanmiddag zijn we van het eiland weggevaren. In de zee-engte die beide zeeën verbindt, waren sterke stromingen die het schip deden trillen en dreigden mee te sleuren, maar de roeiers hebben de stroming overwonnen en het schip veilig in de Arabische Golf gebracht. Hier is de noordenwind bijna helemaal gevallen. Ook de koralen die het varen in de Rode Zee dicht bij de kust gevaarlijk maakten, zijn verdwenen. Ahmose heeft in de kroeg van een matroos vernomen dat op tien dagreizen hier vandaan de havenstad Malao ligt, bekend voor haar grote markt, en dat daar kaneel in overvloed te koop is.*

# 5

Een zachte bries deed het schip in een gezapig tempo verder varen. Kapitein Hanno vond het niet nodig de mannen te laten roeien, want sinds de noordenwind geluwd was, was het bloedheet geworden op het dek. Van die rust maakte Smenkes gebruik om zijn voorraden te inspecteren. Ze waren bijna twee maanden onderweg, dus mocht er niet meer dan één vierde van de ingeslagen voorraad opgebruikt zijn. Nauwkeurig telde hij de zakken gerst, de uien en het knoflook. Tevreden stelde hij vast dat ze spaarzaam waren geweest en dat ze de voorziene hoeveelheden zelfs niet hadden opgebruikt. Wanneer hij de voorraden in zijn kajuit bekeek, kon hij minder opgetogen zijn. Van zijn voorraad goud- en zilverstukken had hij er slechts drie uitgegeven, maar hij had nog maar bitter weinig verzameld dat hij de farao kon aanbieden. Tot nu toe had de expeditie omzeggens niets opgeleverd! Hij hoopte dat de grote markt van Malao daar verandering in zou brengen.

Smenkes hoorde dat iemand de trap afliep.

'Heer, mag ik binnenkomen?' Dat was de stem van Ahmose.

Smenkes schoof zelf het gordijn weg dat zijn kajuit van de rest van het ruim afsloot.

'Kom er maar in.'

Vragend keek hij Ahmose aan.

'Een van de zwarte slaven die we op het Bergeiland hebben gekocht, beweert dat er niet ver van hier een stad ligt die hij Meroe noemt, waar alles te koop is: grote, sterke dieren die hij olifanten noemt, die gevangen en getemd worden als lastdier en om de vijanden in de oorlog op de vlucht te jagen; gouden en koperen schalen en bekers, een graangewas dat hij *spelt* noemt, vogels en dieren, tot de zeldzaamste kruiden toe...'

'Hoe weet hij dat?' vroeg Smenkes sceptisch.

'Hij beweert dat hij op de slavenmarkt van Meroe te koop werd aangeboden en dat een Arabier hem in enkele dagen van die stad naar het Bergeiland heeft gebracht omdat de prijzen daar veel hoger liggen. Voor een slaaf wordt nauwelijks vijf el linnen geboden. Dat komt omdat Meroe geen haven heeft. De stad ligt vijf dagreizen landinwaarts, maar het loont de moeite ernaartoe te trekken. En wie meer gekocht heeft dan hij kan dragen, kan een olifant met begeleider huren en alles naar het schip laten brengen.'

Smenkes dacht na. Het schip onder bewaking achterlaten en met twintig man naar de stad trekken, was beslist mogelijk, maar dan moest hij toch enkele garanties hebben dat die slaaf de waarheid sprak.

'Is die slaaf te vertrouwen?' vroeg hij.

Ahmose haalde zijn schouders op.

'Zo goed ken ik hem nog niet, maar hij komt wel betrouwbaar over.'

'En kan hij ons helpen om de weg te vinden?'

'Hij beweert van wel.'

'Vertellen de andere slaven hetzelfde verhaal?' vroeg Smenkes.

'Met hen kan ik niet zo goed praten, die komen uit een land waar een andere taal gesproken wordt, maar ik zal het proberen.'

'Doe dat.'

Smenkes liet Ahmose vertrekken. Het voorstel van de officier was aanlokkelijk, maar hij wilde niet nog eens vijf man verliezen. Op het getuigenis van één slaaf mocht hij niet vertrouwen. In Egypte werden slaven als onbetrouwbaar beschouwd en voor de rechtbanken was hun getuigenis waardeloos. Hij moest de zekerheid hebben dat Meroe echt bestond en dat het de moeite waard was ernaartoe te gaan. In Egypte deden fabelachtige verhalen de ronde over het koninkrijk Poent, waar voedsel in overvloed was en waar de daken met goud waren belegd, maar Smenkes had er zo zijn bedenkingen bij. Hij had nog nooit iemand ontmoet die Poent echt gezien had. Misschien bestond Meroe enkel in de fantasie van vertellers en slaven. Hij rolde zijn papyrus op, stak de rol in de hoes en liep de trap op naar het dek.

Het was echt warm geworden en de zee gaf nauwelijks afkoeling. De mannen die geen karwei opgedragen hadden gekregen, zaten onder het zeil dat over het dek was gespannen. Kapitein Hanno stond op de achtersteven met de stuurman te praten. Ahmose zat op een roeibank tegenover een van de slaven en was in druk gesprek met hem. Smenkes ging naast de officier zitten. Hij zag meteen dat de communicatie niet vlot verliep.

'Ben je er wijzer van geworden?' vroeg Smenkes.

'Ik weet het niet', gaf Ahmose toe. 'Als ik hem iets vraag, knikt hij ja, maar ik weet niet of hij ook ja bedoelt. Misschien zegt hij dat wel omdat hij zijn meester niet wil tegenspreken. Hij komt ook niet uit Nubië, maar uit een streek met een naam die ik nog nooit gehoord heb. Ik denk dat hij ons niet wijzer kan maken.'

Smenkes stond op en liep naar de achtersteven tot bij kapitein Hanno.

'Hebt u al van een stad Meroe gehoord?' vroeg hij.

De kapitein dacht diep na.

'Ik heb de stad weleens horen vernoemen, zelf ben ik er nooit geweest en ik ken ook niemand die dat gedaan heeft. Volgens de geruchten zou het een belangrijke marktstad zijn waar alle rijkdommen van Afrika bijeengebracht worden. Wilt u daarnaartoe?'

Smenkes knikte.

'Volgens een slaaf die we op het Bergeiland gekocht hebben, ligt de stad op vijf dagreizen van de kust. Hij beweert dat hij daar verkocht is en dat de prijzen er veel lager liggen dan op het Bergeiland. Olifanten en ivoor zouden er in overvloed te koop zijn. Is het volgens u de moeite ernaartoe te gaan?'

'Ik wil er weleens een kijkje gaan nemen', antwoordde Hanno bedachtzaam. 'Kan die slaaf er ons ook naartoe brengen?'

'Hij beweert van wel.'

'Dan vind ik dat we het maar moeten proberen.'

Smenkes had niet anders verwacht. Als kapitein Hanno rond Afrika wilde varen, was dat niet uit sympathie voor de farao, maar om zelf onbekende producten en nieuwe markten te ontdekken.

'Dan doen we het', besloot Smenkes. 'Ahmose zal de leiding van de expeditie op zich nemen.'

Smenkes zag wel dat de kapitein dat geen goed idee vond, maar hij trok het zich niet aan. Hij stond op, wisselde enkele woorden met zijn officier en daalde de trap af naar zijn kajuit. Vanaf nu moest hij alles noteren wat hij zag. Als er in Meroe olifanten te koop waren, moesten Egyptische handelaars, vertrekkend van het Bergeiland, aan de hand van zijn notities en kaartjes de weg naar de stad terugvinden. Met een papyrusrol en een inktstift keerde hij terug naar het dek om zijn eerste kaart te tekenen.

Vijf dagen later liet de kapitein het anker uitgooien. Ter hoogte van de stad Obock waren ze meegedraaid naar het westen tot ze in een baai terechtkwamen waar het water nog nauwelijks door de wind bewogen werd. De kust zag er verlaten uit, alsof er sinds mensenheugenis nooit iemand aan land was gegaan. Smenkes wist dat deze rust bedrieglijk kon zijn. Voor ze aan wal gingen werd Ahmose er met twintig man opuit gestuurd om de wijde omgeving te verkennen, grondiger en langduriger dan de vorige keer. Pas toen ze de kuststreek grondig doorkruist hadden, durfde hij naar het schip terug te keren met de boodschap dat alles veilig was. Daarop had Ahmose de bemanning in twee groepen verdeeld. De ene helft zou op het schip blijven om het te bewaken, de andere groep trok gewapend mee het binnenland in op zoek naar Meroe. Kapitein Hanno had hetzelfde gedaan met de Feniciërs. Om er zeker van te zijn dat het schip niet bij verrassing kon worden aangevallen, waren de expeditieleden eerst met de bagage aan land gegaan. Daarna hadden de achterblijvers het anker opgetrokken en met de beschikbare mannen waren ze twee riviermaten teruggeroeid tot het schip in het midden van de baai lag.

Toen waren ze in een lange rij vertrokken. Ahmose vooraan met de slaaf naast zich. Ahmose vond het niet nodig hem te boeien, want kort achter hem volgden de worstelaars die geen bagage droegen en de wegvluchtende slaaf gemakkelijk konden terughalen. Als Ahmose onraad rook, kon hij hen op elk ogenblik uitsturen om de omgeving te verkennen. Dan kwamen de speerwerpers zonder speren die een voorraad broden, zakken bier, gerst, linnen en siervoorwerpen meedroegen om op de markt te ruilen. De achterhoede werd gevormd door vijf mannen met stokken. Op het eerste gezicht leek niemand van hen gewapend en waren zij een handelskaravaan op weg naar een marktstad. Onder hun kleren en tussen de bagage hadden de soldaten echter wapens verborgen die ze in geval van nood konden gebruiken. Smenkes besefte wel dat zijn karavaan erg kwetsbaar was, maar anderzijds riep ze ook geen agressie op en was de kans op ongelukken kleiner. Eén soldaat had een handbijl bij zich waarmee hij op bomen of struiken merktekens moest aanbrengen. Zelfs als hun slaaf op de loop ging en Smenkes zijn aantekeningen verloor, konden ze op die manier de weg naar het schip terugvinden. Veel bomen waren er echter niet. Meestal trokken ze door een savanneachtig grasland met hier en daar een boom die Smenkes nog nooit had gezien. Dikke stammen met een kruin waaronder een muis nauwelijks kon schuilen. De eerste nacht sliepen ze onder zo een boom. Voor alle zekerheid werd de slaaf geboeid en zette Ahmose wachtposten uit, maar niemand verwachtte problemen. Smenkes had zich in zijn mantel gehuld en doodmoe was hij meteen in slaap gevallen. Als vertegenwoordiger van de farao mocht hij geen zwakheid tonen, maar dit ging zijn krachten te boven. Dagtochten als deze was hij niet gewoon. Voor Ahmose en zijn goed getrainde soldaten was het een gezondheidswandelingetje. Zij waren het gewoon grote afstanden af te leggen van Nubië tot in Syrië, maar voor Smenkes lag dat anders. Van zijn huis naar de opslagplaats en terug was de grootste afstand die hij dagelijks aflegde.

Toen hij 's anderendaags door de opkomende zon wakker werd gekieteld, voelde hij zich geradbraakt. De minste beweging deed pijn alsof hij onder een strijdwagen had gelegen. Hij had helemaal geen zin om op te staan, maar tussen de kiertjes van zijn ogen zag hij beweging om zich heen. Enkele soldaten zaten al in het gras te ontbijten. Ook Hanno was overeind gekrabbeld en stond zich uit te rekken. Smenkes besefte dat het een zware dag zou worden, maar dat uitstellen geen zin had. Alleen door te bewegen kon hij de stramheid uit zijn spieren krijgen.

'Mannen, opgelet, we krijgen bezoek!' De stem van een soldaat die op de uitkijk stond.

Meteen sprong Smenkes overeind. Het was alsof de stramheid helemaal uit zijn lijf verdwenen was. En niet alleen bij hem. Alle mannen sprongen recht om te zien wat er aan de hand was.

'Waar?' schreeuwde Smenkes.

'De kant waar de zon ondergaat.'

Smenkes volgde de richting van zijn schaduw en tuurde over de grasvlakte. In de verte zag hij enkele mannen met lange stokken die met een kudde runderen rondtrokken. Gevaarlijk leek dat niet, tenzij die mannen hen voor veedieven hielden.

'Ahmose!'

'Aanwezig, heer!'

'Zorg ervoor dat je op alles voorbereid bent, maar geen wapens gebruiken.'

Ahmose gaf zijn bevelen door. De mannen verspreidden zich en gingen weer zitten alsof ze rustig zaten te ontbijten. Smenkes bleef rechtop staan, streek over zijn lendendoek om zich toonbaar te maken en keek hoe de mannen met hun kudde dichterbij kwamen, zeker tien ranke zwarte mannen met een dierenhuid rond hun lichaam, een lange stok in hun hand en een aarden kruik aan een touw rond hun middel. Eerder nieuwsgierig dan vijandig kwamen ze dichterbij.

'Wat doe ik, heer?' vroeg Ahmose.

'Niets! Die mannen zijn niet gevaarlijk!' reageerde Smenkes beslist. 'Geef mij een brood dat ik hun als gebaar van vriendschap kan aanbieden.'

Met een brood in zijn uitgestoken armen stapte Smenkes op de mannen toe. Op twintig el afstand bleven de zwarte mannen staan alsof ze verlegen waren. Nu merkte Smenkes dat ze brede bronskleurige pols- en enkelbanden droegen. Hij besefte dat hij het initiatief moest nemen. Zonder aarzelen liep hij tot bij de man die er het oudst uitzag en bood hem het brood aan. Niet-begrijpend keek de zwarte man Smenkes aan.

'Een brood', zei Smenkes in het Egyptisch.

Ook de andere mannen kwamen dichterbij om het geschenk te bekijken. Ze vonden het blijkbaar heel grappig want onder elkaar begonnen ze te lachen en druk over en weer te praten.

'Heer, ik denk dat ze nog nooit een brood gezien hebben', riep Ahmose.

Voorzichtig brak Smenkes een stukje van het brood en stak het in zijn mond, kauwde erop en slikte het door. Toen mompelde hij 'hm, hm' en wreef over zijn buik om te laten zien hoe lekker het was. Vervolgens brak hij een groter stuk af en gaf het aan de oudste. Die stak het in zijn mond, kauwde en knikte instemmend. Dat betekende blijkbaar dat ook de anderen mochten eten. Allemaal staken ze hun hand uit om een stuk te krijgen. Ze kauwden en lachten en gaven commentaar waar Smenkes geen snars van begreep. Daarna staken ze opnieuw hun hand uit en bleven dat doen tot het brood helemaal op was. Toen gaf de oudste blijkbaar een bevel, want twee mannen liepen naar de kudde. De ene begon een koe te melken en hij ving de melk op in de aarden kruik die aan zijn middel bengelde. De andere stak de punt van zijn stok in de nek van een andere koe en ving het bloed op in zijn aarden kruik. Smenkes vroeg zich af wat de bedoeling was, tot hij zag dat de inhoud van de twee kruiken gemengd werd en bij de oudste gebracht. Die dronk ervan, smakte behaaglijk en gaf de kruik door aan Smenkes. De Egyptenaar had de kruik het liefst weggegooid, maar dat kon natuurlijk niet. Om de tegenpartij niet te beledigen, moest hij ervan drinken. Hij zette de kruik aan zijn lippen en nam een slok. Wansmakelijk was het niet, maar hij vond één slok meer dan genoeg. Luid smakkend gaf hij de kruik terug aan de zwarte man, maar het was duidelijk de bedoeling dat ook de anderen ervan dronken. Smenkes gaf ze door aan Hanno, daarna aan Ahmose en alle andere mannen. Terwijl ze dronken, vroeg Smenkes zich af wat de volgende stap was. Meer dan koeien en huiden hadden deze veehouders waarschijnlijk niet te bieden. Het had dus geen zin tijd aan hen te verspillen.

'Wij zijn op weg naar Meroe', zei hij in het Egyptisch.

De oude man fronste zijn wenkbrauwen, murmelde iets en wees met zijn stok vaag naar het westen. Smenkes boog zijn hoofd en zette enkele stappen achteruit. Toen schoof de oude man zijn bronskleurige polsband van zijn arm en stak hem in de richting van Smenkes.

'Voor mij?'

De oude man knikte. Smenkes nam de polsband aan en bekeek hem nauwkeurig. Het was geen brons, maar goud! Het was duidelijk dat de schenker iets in de plaats verwachtte.

'Ahmose, wat geef ik hem in de plaats?'

'Probeer het eens met twee el linnen. Als dat niet genoeg is, zul je het wel zien aan zijn gezicht.'

'Laat dan twee el uit de voorraad nemen.'

Even later vouwde hij een lap sneeuwwit Egyptisch linnen open en drapeerde het over de schouders van de oude man. Die wreef erover met zijn duim en wijsvinger en kreetjes van bewondering ontsnapten aan zijn mond. De andere mannen kwamen dichterbij om eveneens de stof te betasten.

'Is hij tevreden over de ruil?' vroeg Smenkes.

'Ik denk het wel', antwoordde Ahmose. 'Er zijn er nog die hun polsband willen ruilen.'

Inderdaad, ook de anderen boden hun polsband aan in ruil voor een lap Egyptisch linnen. Smenkes wilde daar wel op ingaan, maar meer dan één lap stof per man wilde hij niet ruilen omdat hij zuinig moest zijn op zijn voorraad. Dat belette zijn soldaten niet om hun mantel te ruilen voor een armband. Toen de ruilhandel rond was, kon niets de zwarte mannen nog tegenhouden. Het was alsof ze de verworven kleinoden zo snel mogelijk aan anderen wilden laten zien.

Met een kleine vertraging ging de expeditie weer op weg. Hoewel de weg moeilijk was en steeds meer begon te klimmen, was de stemming onder de mannen uitgelaten. Sommigen hadden bijna alles verpatst in ruil voor goud. Iedereen had een gouden pols- of enkelband om, ook de Feniciërs. Als dit een voorproefje was van wat ze in Meroe zouden aantreffen, was niets hun te zwaar of te moeilijk.

Die dag gebeurde er verder niets speciaals. Tot zonsondergang trokken ze verder naar het westen. 's Avonds schreef Smenkes in zijn logboek.

*Eenentwintigste dag van de maand Tahuti.*

*Op één dagreis in westelijke richting van de baai wonen vreedzame veehoeders die veel goud overhebben voor wit Egyptisch linnen. Zelf dragen ze slecht gelooide dierenhuiden die wij niet kunnen gebruiken. Ik heb hun niet kunnen vragen waar het goud vandaan komt, maar volgens mij moeten ze er grote voorraden van hebben en beseffen ze zelf niet welke waarde dat metaal heeft. Met de hulp van een Egyptische of Nubische tolk die de taal van deze mensen spreekt, zouden we meer te weten kunnen komen.*

De volgende dagen volgden ze de slaaf naar de westen. Af en toe zagen ze in de verte enkele hutten, soms kruisten ze een groep veeboeren met hun kudde, maar contact met die mensen zocht Smenkes niet meer. Langzaamaan veranderde het landschap van een grasland in een hoger gelegen bosgebied. Op de avond van de vierde dag hielden ze halt op een open plek onder de bomen. Smenkes was uitgeput.

'Is het nog ver?' vroeg hij aan Ahmose toen ze nog iets aten voor het slapengaan.

'De slaaf zegt dat we morgen in Meroe zullen aankomen.'

Smenkes antwoordde niet meer. Toen hij zijn laatste hap binnen had, wikkelde hij zich in zijn mantel en viel ter plaatse in slaap.

Het tikken van de regen op de bladeren en het zand maakte Smenkes wakker. Een dikke regendruppel spatte op zijn gezicht uiteen.

En toen nog een. Nog voor hij overeind was gekrabbeld, stortte de regen in bakken naar beneden. Hij trok zijn mantel beschermend over zijn hoofd, maar die was meteen drijfnat. De zeldzame keren dat het in de Nijlvallei regende, maakte iedereen daar gebruik van om een douche te nemen. Hij gooide de mantel van zich af en liet het water over zich heen stromen. Straks zou de zon doorbreken en dan was hij binnen de kortste keren weer helemaal droog. Hij zag dat de soldaten om hem heen hetzelfde deden. Met een bezorgd gezicht stond een druipnatte Ahmose voor hem.

'Heer, onze slaaf is verdwenen. Ik heb de omgeving laten afzoeken, maar we hebben hem niet gevonden.'

Ongelovig keek Smenkes hem aan.

'Hoe is hij ontsnapt? Was hij dan niet vastgebonden?'

'Jawel, heer, ik had hem zelf met een touw aan een boom vastgemaakt. Kom maar kijken.'

Smenkes volgde zijn officier. Aan de voet van een boom lag het touw, maar de slaaf hing er niet meer aan.

'En de soldaat die hem in het oog moest houden?'

'Die was in slaap gevallen. Al vier nachten was het goed gegaan...'

Smenkes knikte. Hijzelf was meteen in slaap gevallen. Hij kon van de soldaten die dezelfde inspanning leverden als hij niet vragen dat ze wakker bleven. Besluiteloos keek hij in alle richtingen. De stortregen vormde een gordijn waar hij niet doorheen kon kijken.

'Kunnen we zonder die slaaf de stad Meroe vinden?' vroeg hij.

Ahmose haalde zijn schouders op.

'We kunnen verder naar het westen trekken, maar dat is moeilijk als de zon zich niet laat zien. En als de stad niet op een hoogvlakte ligt of bij een rivier, zal het niet gemakkelijk zijn haar te vinden.'

Ingespannen dacht Smenkes na. Een stad lag toch nooit in het midden van niets. Er moesten toch wegen of paden zijn die naar de stad leidden. Of mensen die ernaartoe trokken.

'Voor we verder trekken, moeten we de omgeving verkennen. Stuur je mannen uit op zoek naar een weg of een pad dat naar de stad leidt. En als ze iemand vinden die ons naar Meroe kan brengen, mogen ze rekenen op een beloning.'

'Komt in orde, heer.'

Meteen was Ahmose verdwenen. Smenkes hoorde dat hij bevelen schreeuwde, zijn manschappen in groepjes verdeelde en wegstuurde.

De hevige stortregen had plaatsgemaakt voor een malse gestage motregen. Smenkes stond op en liep tot bij de soldaten die het eten en drinken meezeulden. Als ontbijt kreeg hij een doorweekte homp brood en een beker bier. Hij moest eerst het water uit het brood knijpen om het te kunnen opeten.

'Goeiemorgen.'

Smenkes herkende de stem van de kapitein.

'Ook goeiemorgen.'

Hanno kwam naast hem staan en kreeg eveneens een homp van het doorweekte brood. Hij at ervan met lange tanden.

'Ik hoop dat we vanavond iets hartigers tussen de tanden krijgen', murmelde hij. 'Een stuk varkensvlees of een gans of een ooievaar.' Zijn stem klonk alsof hij nu al genoot van wat hem te wachten stond. Smenkes aarzelde. Hij moest de kapitein vertellen dat de slaaf gevlucht was, maar hij wist al hoe die zou reageren.

'Ik weet niet of die gans al voor vanavond zal zijn', zei hij aarzelend.

Vragend keek Hanno hem aan.

'De slaaf die ons naar Meroe zou brengen, is vannacht gevlucht.'

Smenkes zag het gezicht van de kapitein van verbazing in woede veranderen.

'Wat?' schreeuwde hij. 'Is die slaaf ontsnapt?'

Smenkes knikte.

'Hij was vastgebonden aan een boom, maar hij heeft zich kunnen bevrijden.'

Hij kende de kapitein al genoeg om te weten dat hij een lawine van verwijten mocht verwachten.

'Zijn jullie dan helemaal onbekwaam?' schreeuwde Hanno. 'Zijn jullie écht onnozelaars? Een slaaf laten ontsnappen die ons naar Meroe moet brengen!'

Hij draaide zich om alsof hij niet begreep hoe iemand zo dom kon zijn.

'En wat is dan de volgende stap?' vroeg hij woedend.

'Ik heb Ahmose de opdracht gegeven de omgeving te doorzoeken', zei Smenkes kalm. 'Misschien vinden we wel een pad dat naar Meroe leidt of mensen die ons de weg kunnen wijzen. Ahmose heeft zijn soldaten uitgestuurd om dat te onderzoeken en zolang ze niet teruggekeerd zijn, moeten wij wachten.'

Hanno haalde zijn schouders op.

'En denkt u dat dat iets gaat opleveren?' vroeg hij spottend. 'Een officier als Ahmose kan nog geen molshoop vinden!'

Smenkes wilde antwoorden en zijn officier verdedigen, maar hij bedacht op tijd dat hij Hanno geen verantwoording schuldig was. Hij was de baas van de expeditie en Hanno was niet meer dan een knecht van de farao.

'Niemand heeft jou aangesteld als rechter over mijn officier', zei hij streng, 'en jouw commentaar kan ik missen als de pest.'

Hanno mompelde iets en liep naar de plaats waar de Feniciërs samen onder een boom zaten. Smenkes was pisnijdig omdat hij besefte dat Hanno gelijk had. Een slaaf laten ontsnappen was even dom als graan laten stelen uit een opslagplaats. Alle Egyptenaren daarom als onbekwaam en onnozel bestempelen was echter een stap te ver. Misschien moest hij Ahmose hard aanpakken en moest die van zijn soldaten een strengere discipline eisen, maar dat betekende nog niet dat Hanno daar zijn neus moest insteken.

Met zijn brood en zijn bier ging Smenkes tegen de stam van een boom zitten. Terwijl hij zijn ontbijt verder opat, overdacht hij wat hem te doen stond. De beste oplossing was dat Ahmose met een inboorling terugkeerde die hun de weg naar de stad kon wijzen. Als dat niet gebeurde, wist hij niet wat hij moest doen. Zelf op zoek gaan? Terugkeren naar het schip? Dat zou een vernedering zijn die hij moeilijk kon verteren.

Vanuit zijn positie tegen de boom keek hij naar boven. Het miezerde nog altijd. De lucht was grijs van de drijvende wolken. Hij geloofde niet dat de zon er snel doorheen zou breken. Zelfs als hij verder naar het westen wilde trekken, zou hij niet weten welke richting hij moest uitgaan. En het opdrogen kon hij ook wel vergeten. Zijn kletsnatte lendendoek plakte tegen zijn dijen. Koud was het niet, maar alles voelde kil en klam aan. Hij had er geen idee van hoe het verder moest, maar opgeven wilde hij in geen geval. Goud had hij al gevonden, hij wilde nog de plaats vinden waar de kaneel vandaan kwam en de markt waar olifanten verhandeld werden. Zodra hij die gevonden had, kon hij met een gerust gemoed naar Egypte terugkeren en een punt zetten achter dit avontuur. Terwijl hij dromerig voor zich uit staarde, kwam Ahmose met een groep soldaten op hem af. In hun midden liep een rijzige zwarte man mee. Nieuwsgierig stond Smenkes op.

'Een nieuwe gids gevonden?' vroeg hij.

'Misschien wel', antwoordde Ahmose. 'Hij wil ons helpen, maar hij heeft nog niet begrepen wat we precies bedoelen. Misschien is het goed rustig met hem te gaan zitten en ons met gebaren verstaanbaar te maken.'

Smenkes knikte. Hij ging zitten en nodigde zijn bezoeker en Ahmose uit hetzelfde te doen.

'Haal brood en bier', beval Ahmose aan een soldaat.

Nadat ze een hap gegeten en een slok gedronken hadden, probeerde Smenkes een gesprek aan te knopen.

'Meroe?' vroeg hij. Met zijn armen wees hij in de richting die volgens hem het westen was. Niet-begrijpend keek de man hem aan. Het was alsof hij de naam nog nooit gehoord had.

'Olifanten, ivoor?'

Nog steeds bekeek de man hem alsof hij er geen jota van begreep. Smenkes zuchtte. Op deze manier contact leggen, vergde meer geduld dan hij kon opbrengen.

'Ahmose, ik geef het op', zei hij. 'Als je wilt, mag jij het proberen.'

'Misschien heb ik wel een oplossing. Ik denk dat ik in Nubië de afbeelding van een olifant heb gezien.'

Met zijn hand veegde de officier de grond glad. Daarop tekende hij met een twijgje vier enorme poten, het lichaam van een varken en een snuit die tot op de grond hing. Meteen zagen ze op het gezicht van de man tekens van herkenning. Hij stond op en wenkte Smenkes en Ahmose om mee te komen.

'Wat doen we?' vroeg Ahmose.

'Meegaan!' zei Smenkes beslist. 'Maar niet met de hele troep. Vijf mannen volstaan om ons te beschermen. De rest blijft hier tot we terug zijn. Ze kunnen een kamp inrichten en op jacht gaan. Geef iemand het bevel een rol linnen mee te nemen.'

Hij stond op terwijl Ahmose de bevelen doorgaf. Hij wrong het water uit zijn mantel en hing die over zijn hoofd. Daar werd hij niet droog van, maar het gaf toch enige bescherming tegen de aanhoudende motregen. Hij zag dat Hanno op hem toe kwam.

'Hebben jullie een nieuwe gids gevonden?' vroeg hij kalm.

'Ik denk het wel', antwoordde Smenkes. 'De stad Meroe schijnt hij niet te kennen, maar hij wil ons wel bij de olifanten brengen.'

'Mag ik mee?'

Smenkes was de woede-uitbarsting van de kapitein en zijn charge tegen de Egyptenaren nog niet vergeten, maar op dit ogenblik wilde hij de ruzie niet aanwakkeren. Ze moesten nog maanden samen optrekken.

'Geen bezwaar.'

Enkele minuten later stonden zeven Egyptenaren en drie Feniciers klaar om in de regen verder te trekken. Op één rij liepen ze achter hun zwarte gids het bos in. Een pad was er nauwelijks, maar de gids had blijkbaar geen enkele moeite om zijn weg te vinden. Af en toe keek hij om om te zien of iedereen hem nog volgde, maar hij bleef niet stilstaan. Pas toen ze na een paar uur een heuvelrug over waren, bleef de gids staan. Aan hun voeten lag een uitgestrekte grasvlakte waarin ze vanaf deze hoogte een verzameling hutten konden onderscheiden en iets als een kleurig marktplein.

'Is dat Meroe?' vroeg Smenkes. De gids antwoordde niet, maar keek Smenkes glimlachend aan. Hij wenkte hem om mee te komen.

Ze hadden nog een uur nodig om de heuvel af te dalen en op

een smal weggetje door het hoge gras te lopen. Toen hield de grasvlakte op alsof het gras met machetes was afgekapt en meteen kwamen ze op een markt terecht. Achter hun gids liepen de Egyptenaren het plein op. Hun mond en ogen vielen open van verbazing. Hier was werkelijk alles te koop. Ivoren godenbeeldjes, gouden halskettingen, ringen, donkerrode stenen, dierenhuiden, zakken kikkererwten en granen, wortels, larven, vruchten die ze nog nooit gezien hadden, levende geiten, schapen, antilopen, apen en reusachtige dieren met een slurf en vooruitstekende tanden van wel twee el lang! De verkopers droegen wel geen geweven stoffen, maar de huiden rond hun lichamen waren kleurrijk versierd en op hun hoofden droegen ze fantasierijke hoofddeksels, van struisvogelveren tot dierenkoppen. De gids bleef staan en wees glimlachend naar de kolossen.

'Olifanten!' zei hij triomfantelijk.

'Wauw!' Met open mond stond Smenkes naar de dieren te gapen. Kleine jongens zaten in hun nekken alsof ze de dieren bestuurden, maar tegelijk hadden de zwaargewichten dikke touwen rond hun voorpoten. Met hun slurf trokken ze graszoden uit de grond, schudden de aarde eraf en staken ze in hun muil. Ahmose kwam naast hem staan.

'Ik denk dat de vizier deze dieren graag wil hebben', zei hij. 'In Nubië wordt verteld dat het zachte dieren zijn die bomen kunnen uitrukken en loodzware stenen kunnen voorttrekken, maar dat ze een heel leger op de vlucht kunnen jagen als ze opgejut worden. Pijlen en speren dringen nauwelijks door hun huid en maken hen nog razender.'

'Heb je enig idee van de prijs?' vroeg Smenkes.

'Dat zullen we proberen te weten te komen.'

Met zijn elleboog stootte hij de gids aan en wreef vragend zijn duim en wijsvinger over elkaar.

De gids vroeg iets aan de eigenaar van de olifant, keek toen weer lachend naar Smenkes en zei iets dat die niet begreep.

'Laat hem een stuk van vijf el linnen zien', zei Ahmose.

De soldaat die het linnen droeg, rolde de stof af tot hij ongeveer de gevraagde lengte had. Toen keek Smenkes naar de verkoper, die met een smalende glimlach zijn schouders ophaalde.

'Maak er tien el van, heer,' raadde Ahmose hem aan, maar zelfs die tien el maakte niet de minste indruk op de verkoper. Hij liep op de soldaat toe, nam de hele rol en stak tien vingers omhoog.

'Tien rollen linnen voor één olifant?' vroeg Smenkes ongelovig. De verkoper knikte.

'Dure beestjes', zuchtte hij.

Hij was natuurlijk nooit van plan geweest een olifant te kopen en mee op het schip te nemen. Hij moest alleen weten waar die dieren te koop waren en hoeveel ze kostten. Dat wist hij nu. Voor tien rollen stof kon je in Egypte tien paarden kopen of een scheepslading tarwe! Als de vizier zoveel overhad voor een olifant, dan moest hij dat zelf weten.

'Ik weet genoeg', zei hij tegen Ahmose. 'We wandelen de markt af, we proberen te onthouden wat er te koop is en dan keren we terug naar de anderen. Het heeft lang genoeg geduurd.'

Het duurde nog zeven dagen voor de expeditie weer aan de kust was. Soms vond de soldaat de tekens die hij had aangebracht niet meer terug en moesten ze zich volledig baseren op de stand van de zon. Voor kapitein Hanno was dat het zoveelste bewijs dat er met de Egyptenaren niets aan te vangen was.

Smenkes was helemaal uitgeput. Niet alleen zijn voeten, al zijn spieren deden pijn. En hij had genoeg van de regen. Het had geen zeven dagen geregend, maar elke dag werden ze toch op een plensbui getrakteerd, die niet alleen hun kleren kletsnat maakte, maar ook de aarde in blubber veranderde. Hij had zin om meteen in zijn hangmat te duiken en lang te slapen, maar dat kon natuurlijk niet. Hij moest eerst de inventaris opmaken van de geruilde goederen en wat hij ervoor in de plaats had gekregen. En ook zijn logboekverslag mocht hij niet vergeten.

*Tweede dag van de maand Paopi.*[11]

*Op vijf dagreizen ten westen van de baai ligt een grote markt die wij Meroe noemen en waar allerlei producten te koop worden aangeboden, die gebeurlijke hongersnoden kunnen verzachten. Granen en kikkererwten zijn er in grote hoeveelheden verkrijgbaar, evenals geiten en schapen en allerlei soorten fraaie dieren die wij kunnen doorverkopen. Op de markt worden ook olifanten aangeboden, geweldige dieren die de farao grote diensten zouden kunnen bewijzen, niet alleen als wapens in de oorlog maar ook als trek- en lastdieren bij grote bouwwerken. In dit gebied is de weefkunst nog onbekend zodat wij kunnen betalen met linnen en wollen stoffen. Ook het goud is hier erg goedkoop. De mannen die wij ontmoet hebben dragen gouden pols- en enkelbanden terwijl die van ons van brons zijn! Om handel te kunnen drijven met dit gebied hebben we aangepaste schepen nodig die grote hoeveelheden voedsel kunnen vervoeren en andere, nog grotere schepen om de olifanten naar Egypte te verschepen. Het is nodig in de baai een nederzetting te stichten waar onze schepen kunnen aanleggen en waar de mannen en de lastdieren kunnen wonen die voor het transport van de markt naar de zee en omgekeerd zullen zorgen. Kaneel en kostbare houtsoorten heb ik niet gevonden. De mensen die wij ontmoet hebben, waren vriendelijk. De gids die ons naar de markt heeft gebracht, heb ik twee el linnen gegeven en hij was daar heel tevreden mee.*

Eronder probeerde Smenkes een kaart te tekenen van de streken waar ze doorheen waren getrokken, maar hij besefte wel dat de tekening te vaag was om toekomstige handelaars de weg te wijzen. Toen hij ook nog een olifant probeerde te tekenen, viel hij in slaap op de plaats waar hij zat.

---

[11] 1 september.

# 6

‘Zeil optrekken, anker ophalen!’ schreeuwde Hanno. ‘We varen naar het oosten!’

Dat was beslist de bedoeling, maar veel beweging kwam er niet in het schip. De zachte bries deed de zeilen nauwelijks bol staan. Na de natte dagen op het land was de hemel weer helemaal open en het beloofde een hete dag te worden. De mannen die mee waren geweest naar Meroe, zaten al te genieten van de eerste zonnestralen. Smenkes stond op de voorsteven en keek naar de lange schaduw van de speer die hij daar geplant had. Het was alsof het schip recht naar de opkomende zon voer. Kapitein Hanno zat naast zijn stuurman aan het roer. Tijdens de voetreis naar Meroe had hij dikwijls gezeurd over de onbekwame Egyptenaren, maar ondertussen had hij zijn ogen en oren toch goed de kost gegeven. Smenkes was ervan overtuigd dat het niet lang zou duren voor de Feniciërs er een nederzetting hadden gebouwd. Hij moest er bij de vizier op aandringen om er werk van te maken en de Feniciërs voor te zijn. Smenkes zag dat de kapitein naar hem toe kwam.

‘We komen niet vooruit’, zei hij. ‘We moeten het zeil reven en roeien.’

Smenkes knikte. Dat had hij zelf ook al gemerkt. In dit tempo waren ze binnen vijf jaar nog niet thuis.

‘Zeilen reven. Roeiers op de banken!’ schreeuwde hij. Moeizaam gingen de roeiers op hun banken zitten. Vooral de mannen die de tocht naar het binnenland hadden meegemaakt, hadden er moeite mee om weer in actie te schieten. Het gebonk van de trommelaar dwong hen om in het ritme mee te roeien. Langzaam won het schip snelheid. De mannen hoopten dat de wind weer zou opsteken en dat deed hij ook, maar hij blies uit het oosten, net de richting die zij uit moesten. En dan werden ze ook nog getrakteerd op een plensbui die alles druipnat maakte. Smenkes begreep niet waar al die regen vandaan kwam. Sinds hij uit Egypte vertrokken was, had hij al meer regen gezien dan in zijn hele leven! Sommige van zijn leraren in de ambtenarenschool beweerden dat er naast de aardse oceaan ook een hemelse oceaan bestond en dat het op aarde regende wanneer de regengod een hemelluik opende. Smenkes had dat altijd een kinderachtige uitleg gevonden. Alles aan de goden toeschrijven was al te gemakkelijk. Er moest een waarneembare oorzaak zijn die met de goden niets te maken had. Nergens werden de goden zo intens vereerd als in Egypte, in geen enkel land dat hij kende hadden de mensen dergelijke reusachtige tempels voor hen gebouwd, maar nergens regende het zo weinig als in zijn land. Andere leraren verkondigden dat het water van de oceanen verdampte zoals de damp van kokend water boven een vuur, maar hoe die damp dan weer water en regen werd, konden ze niet verklaren. Een klein voordeel van de regen was wel dat de matrozen het water in een zeil konden opvangen zodat de zoetwatertonnen nooit leeg raakten.

Van de dertig dagen die het schip nodig had om de Kaap van de twaalf kruiden[12] te bereiken, hadden ze er vijfentwintig geroeid! En behalve roeien en langs de kust varen was er niets gebeurd dat het vermelden waard was. Smenkes had nauwelijks enkele regels met wetenswaardigheden kunnen schrijven. De stad Malea, die beroemd was voor haar markt, verdiende die faam, maar de goederen waren er veel te duur vergeleken met Meroe.

Het was dus echt wel feest toen de kapitein het anker voor het strand van de Kaap liet uitgooien. Smenkes besefte dat hij zijn mannen enkele dagen rust moest gunnen. Zelf was hij daar ook aan toe, na dertig keer slapen op het dobberende schip. Op het strand bouwden ze loofhutten met stokken en palmbladeren die ze in de onmiddellijke omgeving vonden. De bakkers, de brouwers, de jagers en de vissers schoten in actie. Ahmose had vooral de jagers op het hart gedrukt voorzichtig te zijn en nooit op mensen te schieten. 's Avonds zaten de mannen rond de vuren waarop vlees en vis gebraden werd. Het was alsof ze in luilekkerland waren aan-

[12] De Hoorn van Afrika.

gekomen. Het gebraden vlees van de geschoten wrattenzwijnen konden ze zo van de karkassen plukken en er was genoeg vers brood en bier om iedereen naar hartenlust te laten schransen en drinken. Ook de Feniciërs waren blij met het oponthoud.

'We hebben het ergste achter de rug!' verzekerde kapitein Hanno. 'Morgen varen we rond de Kaap en dan gaat het door de Ethiopische of de zuidelijke zee pal naar het westen tot we in de Atlantische Oceaan komen. De oostenwind zal ervoor zorgen dat we over vijf maanden thuis zijn!'

Het gebrabbelde Egyptisch van de kapitein hoefde deze keer niet vertaald te worden. Iedereen had begrepen dat het vanaf vandaag gemakkelijker zou gaan en het applaus van de manschappen loog er niet om. Ook Smenkes was in een opperbeste stemming. Alle doelstellingen van deze reis had hij nog niet verwezenlijkt, maar hij was er zeker van dat hem dat nog zou lukken. Goud en olifanten had hij al gevonden, alleen de herkomst van de kaneel en de oorsprong van de Nijl moest hij nog proberen te ontdekken. De aardrijkskundigen van de farao hadden hem verzekerd dat de Nijl eigenlijk een doorsteek was van de Ethiopische naar de Middellandse Zee, maar Smenkes twijfelde daaraan. Het water van de zeeen en de oceanen was zout, dat van de Nijl zoet! En waarom was er dan niet altijd evenveel water in de rivier? Er moest dus een andere verklaring zijn, die hij hoopte te ontdekken. Hoe meer bier hij dronk, hoe meer hij ervan overtuigd raakte dat deze reis een succes zou worden, ook financieel. De gouden pols- en enkelbanden die hij tot nu toe had geruild, waren in Egypte het tienvoudige waard. Een ervan zou hij laten bewerken tot een sieraad dat hij aan Neftis kon aanbieden. Bovenal was hij zuinig geweest! Zijn voorraad gouden zilverstukken was omzeggens onaangeroerd, de voorraad graan, kikkererwten, uien en knoflook was ruim voldoende om zonder honger thuis te komen. Het zou niet lang meer duren voor Het Oog van Horus de Nijl op zou varen en hij door de farao beloond zou worden voor bewezen diensten. Dan zou hij ook zijn vrouw en zijn zoon terugzien die hij had moeten achterlaten. En de nieuwgeboren baby in zijn armen nemen. Hij vroeg zich af of zijn zoon zijn eerste pasjes al had gezet en of hij misschien al begon te praten. Normaal werd hij neerslachtig bij deze gedachten, maar deze keer werd hij er vrolijk van alsof het einde van de reis al in zicht was.

De duisternis was al lang ingevallen voor de mannen naar hun loofhutten trokken om de rest van de nacht te slapen. Voor Smenkes hadden ze een afzonderlijke hut gebouwd en op het zand hadden ze voor hem een bed van gedroogde palmbladeren gespreid. Smenkes was er hen dankbaar voor want door het bier was hij zo beneveld dat hij de moed niet meer had om zelf een bed te maken.

*Zesde dag van de maand Hethara.*[13]

*Na vier dagen welverdiende rust voor de manschappen, hebben we vandaag het anker gelicht. De mannen hebben nog een halve dag moeten roeien om de Kaap te ronden en het schip naar de wind te zetten. Vanaf de middag stonden de zeilen zo bol dat roeien geen zin meer had. De kapitein denkt dat we in een stroming zijn terechtgekomen die de oosterlingen moesson noemen en die maandenlang van de Indische naar de Atlantische Oceaan waait. Die moesson brengt ook regen mee, wat het water in de Nijl misschien doet stijgen. Dankzij de jagers en de vissers, de bakkers en de brouwers hebben we voorraden aangelegd om de komende veertien dagen op zee te blijven, zonder dat we telkens het anker voor de kust moeten uitgooien. Een dagelijkse stortbui is welkom om onze zoetwatervoorraad op peil te houden. Kapitein Hanno is zo zelfverzekerd dat hij van plan is zelfs 's nachts door te varen. Dat zou onze reistijd met één derde inkorten, beweert hij. Ik heb hem wel op het hart gedrukt dat hij geen risico mag nemen dat het leven van de manschappen in gevaar brengt. Ik heb een soldaat aangeduid die voortdurend de kust in het oog moet houden. Zodra hij een rivier, een dorp, een aantrekkelijke stad of een markt opmerkt, moet hij mij meteen waarschuwen.*

[13] 7 oktober.

*Tiende dag van de maand Hethara.*

*De moesson jaagt het schip nog steeds vooruit, maar we varen niet naar het westen! Elke morgen als ik wakker word, zie ik de opkomende zon aan mijn linkerhand. Kapitein Hanno heeft er geen verklaring voor. Samen met mij stelt hij vast dat we nog altijd zuidwaarts varen.*

*Eerste dag van de maand Koiah.* [14]

*Ik weet niet welke afstand we al hebben afgelegd, maar de onophoudelijke wind blaast het schip verder zuidwaarts. Sinds onze landing op de Kaap van de twaalf kruiden hebben we geen mens of schip meer gezien. Het is alsof dit deel van de wereld helemaal door mensen verlaten is, prijsgegeven aan de wind en de regen. In Egypte loopt het overstromingsseizoen ten einde, de grote zomerhitte is voorbij en de boeren maken de akkers klaar om te zaaien. Op het schip wordt het alsmaar warmer. Zelfs de wind, die verkoeling zou moeten brengen, is warm. De middagschaduw van de speer op het voordek wordt korter en korter. Kapitein Hanno zegt dat we niet naar het westen varen, maar nog altijd naar het zuiden. Samen hebben we de wereldkaart bekeken en vastgesteld dat ze niet klopt. Na drieëntwintig dagen zouden we halfweg de Ethiopische Zee moeten zijn, maar dat is niet zo! Zijn de kaarten verkeerd of spelen de goden een vervelend spelletje met ons? Ik maak mij ernstig zorgen over onze voedselvoorraden. We zijn vier maanden onderweg en de voorraad aan gerst, kikkererwten en uien is gehalveerd. En het ziet er niet naar uit dat we over vier maanden terug in Egypte zullen zijn. Ik heb een 'strategische voorraad' van gerst en kikkererwten in mijn kajuit opgeborgen. Misschien hebben we die wel nodig in geval van hongersnood. Vanaf morgen zal ik een streng brood- en bierrantsoen invoeren, anders bestaat de kans dat we te vroeg door onze*

---

[14] 30 oktober.

*voorraden heen zijn. Anderzijds moeten we om de zeven dagen aan land gaan om de mannen toe te laten eetbare wortels en vruchten te verzamelen en op jacht te gaan.*

*Laatste dag van de maand Mechir.*[15]

*We varen nog altijd zuidwaarts en het wordt warmer en warmer. De mannen vrezen dat we te dicht bij de zon komen en dat we allemaal met huid en haar zullen verschroeien. De meesten zoeken beschutting onder het zeil dat over het dek is gespannen. Aangezien er niet geroeid hoeft te worden, is er niet veel werk op het schip en hebben ze tijd om te piekeren en te ruziën. Enkelen onder hen verdoen hun tijd met beeldjes te snijden uit beenderen of hout dat ze op het strand vinden. Ik denk dat we morgen aan land gaan om de mannen te laten vissen en jagen. Kapitein Hanno weet ook niet meer waar we naartoe varen. Deze zee en dit land zijn hem helemaal onbekend. Volgens hem is geen Fenicisch schip ooit tot hier gevaren. Elke dag heb ik nauwkeurige tekeningen gemaakt die de kust in kaart brengen. Ik denk dat Afrika veel groter is dan de kaartentekenaars tot nu toe gedacht hebben. Zolang we de kust volgen en niet door een golfstroom worden meegesleurd maakt de kapitein zich geen zorgen.*

Smenkes kon van zichzelf niet hetzelfde zeggen. Wanneer hij 's avonds alleen in zijn kajuit zat, doemden de oude schrikbeelden weer op. Was rond Afrika varen dan toch onmogelijk? Werden ze niet door een draaikolk maar door de wind meegesleurd naar de afgrond? Hij hoopte nog lang en gelukkig te leven en de beloning te krijgen die de vizier in het vooruitzicht had gesteld, maar nog het meest maakte hij zich zorgen om zijn zoon, de nieuwe baby en zijn vrouw Neftis. Wat zou er van hen worden als hij niet terugkeerde?

---

[15] 27 januari.

*Vijftiende dag van de maand Permuti.*[16]

*Toen ik vanmiddag op het dek stond was mijn schaduw niet groter dan de omvang van mijn buik! De zon scheen pal op mijn hoofd!*

Smenkes hield op met schrijven. De hitte in zijn kajuit was niet te harden, maar hij wist dat het op het dek niet veel beter was en zijn logboek invullen deed hij nog altijd liever zonder toeschouwers. Toen hoorde hij geschreeuw en gestamp van voeten op het dek. Hij wist al wat dat betekende. Een nieuwe vechtpartij! Hoe langer de reis duurde en hoe eentoniger ze werd, hoe vaker hij moest tussenbeide komen om mannen uit elkaar te halen. De kleinste futiliteit was genoeg om elkaar in het haar te vliegen. Snel legde hij zijn schrijfgerei opzij en liep de trap op. Zodra zijn hoofd boven het dek uitstak, zag hij twee mannen die stonden te vechten en elkaar op alle mogelijke manieren probeerden klein te krijgen. Een Egyptenaar en een Fenicïer. Ahmose stond erbij en probeerde de vechters uit elkaar te halen, maar dat lukte niet. De Fenicïer had een mes in zijn hand waarmee hij vervaarlijk in alle richtingen zwaaide, zag Smenkes. De andere soldaten waren dat al zo gewoon dat ze op hun plek bleven zitten terwijl de twee hun geschil uitvochten.

'Stop!' schreeuwde Smenkes boven de wind uit.

Even stopten de mannen en keken woedend naar Smenkes, die hen belette het gevecht af te maken. Van de onoplettendheid van de Egyptenaar maakte de Fenicïer gebruik. In een flits schoot zijn hand naar voren en stootte zijn mes in de buik van zijn tegenstander. Met een schreeuw viel de Egyptenaar op het dek en hij kronkelde van de pijn. Het was zo snel gebeurd dat niemand tussenbeide had kunnen komen, maar nu hun kameraad op het dek lag te kreunen, sprongen de andere Egyptenaren overeind en overrompelden de Fenicïer nog voor hij zijn mes opnieuw kon gebruiken.

[16] 14 februari.

Ze gingen woest tekeer, alsof ze hem levend in stukken wilden trekken.

'Stop!' schreeuwde Smenkes voor de tweede keer. 'Bind hem vast aan de mast!'

Hij wachtte tot zijn bevel werd uitgevoerd en boog zich toen over de soldaat die in een plas bloed op het dek lag te trillen. Ahmose drukte zijn hand op de wond om het bloeden te stelpen, maar dat leek niet te lukken. Het was alsof het verkrampte gezicht van de gewonde soldaat zich ontspande. Hij opende zijn mond om naar adem te snakken... een laatste trilling... toen sperde hij zijn ogen open en bleef onbeweeglijk liggen.

Ahmose stond op en zuchtte.

'Dood?' vroeg Smenkes.

De officier knikte.

'Is hij dood?' vroeg een van de jongens die erbij was komen staan. Nog voor Smenkes of Ahmose een antwoord konden geven, riep hij: 'Hé, mannen, de Feniciër heeft Chety vermoord! Zo'n laffe moord kunnen we niet ongewroken laten!'

Een bevel van Smenkes had niet dwingender kunnen klinken. Allemaal stonden ze op, pakten een mes, een speer of een knots en kwamen dreigend naar de achtersteven waar de Feniciërs stonden. Smenkes besefte dat hij snel tussenbeide moest komen voor de zaak uit de hand liep. Hij mocht niet toestaan dat er nog meer slachtoffers vielen. Dat was niet menselijk en het bracht zijn expeditie in gevaar. Ruw duwde hij enkele soldaten opzij en hij ging tussen de Egyptenaren en de Feniciërs staan. Hij stak zijn twee handpalmen omhoog om zijn landgenoten tegen te houden.

'Zo is het wel genoeg!' riep hij streng. 'Iedereen terug naar zijn plaats en zijn bezigheid.'

'We gooien de Feniciërs overboord!' schreeuwde iemand. 'Opgeruimd staat netjes!'

'Geen sprake van!' reageerde Smenkes luid en heftig. 'We gaan geen moorden plegen en ons de woede van de goden op de hals halen omdat één Feniciër door het lint is gegaan!'

'De Feniciërs deugen niet!' riep een ander. 'Er is altijd wat met hen. We hadden ze al maanden geleden in het water moeten kieperen!'

De anderen schreeuwden om duidelijk te maken dat ze achter hun kameraad stonden. Diep in zijn hart vond Smenkes dat ze gelijk hadden, maar als hij zich de woede van de farao niet op de hals wilde halen, moest hij aan de expeditie denken.

'En wat winnen we daarmee?' vroeg hij. 'Dat de goden woest worden, een storm ontketenen en ons meezuigen naar de bodem van de oceaan! Is het dat wat jullie willen?'

Hij keek net boven hun hoofden, alsof hij ieder van hen dwingend in de ogen keek. De mannen gromden. Smenkes zag dat hij zijn slag thuis haalde.

'Waren we niet van plan naar Egypte terug te keren en de beloning voor ons werk in ontvangst te nemen?' draafde hij door.

De mannen lieten hun wapens zakken.

'Wees verstandig. Keer terug naar jullie bezigheden. Ik zal ervoor zorgen dat de schuldige zijn straf niet ontloopt. We geven Chety een waardige begrafenis en zorgen ervoor dat dergelijke vechtpartijen niet meer voorkomen. Waar ging de ruzie trouwens over?'

'Die Feniciër beweerde dat Chety een deel van zijn rantsoen had gestolen,' antwoordde een van hen, 'maar dat is niet waar. Wij laten ons niet in met dat gespuis.' [17]

Op die laatste uitspraak reageerde Smenkes niet.

'Iedereen terug aan het werk!' riep hij.

---

[17] De Egyptenaren waren echte vreemdelingenhaters. Een 'Egyptisch Belang' zou 100% van de stemmen hebben gehaald. We weten dat ze de vreemdelingen in hun land als lastposten beschouwden en ze liever kwijt dan rijk waren. Soms organiseerden ze klopjachten op de vreemdelingen om ze te verjagen of te vermoorden. Dat had natuurlijk iets te maken met het feit dat de 'vreemdelingen' (de Nubiërs en de Hyksos) Egypte veroverd hadden en pas na jaren en met veel moeite konden worden buitengewerkt. Sommige farao's hadden wel Nubiërs, Israëliers of Grieken in dienst om in hun legers mee te vechten, andere farao's lieten vreemde kooplui toe, maar die moesten dan in afgebakende stadswijken of speciale 'vreemdelingensteden' wonen. Hun hele geschiedenis lang hadden de Egyptenaren het moeilijk met hun 'allochtone' medemensen. Pas met de komst van Alexander de Grote en de opkomst van het hellenisme werd Egypte meer internationaal georiënteerd.

De mannen dropen af. Allemaal wierpen ze nog een blik op het lichaam van Chety, dat onbeweeglijk op het dek lag. Vandaar liepen ze naar de mast om de moordenaar in het gezicht te spuwen.

'Ahmose, duid twee soldaten aan om het lichaam van Chety te wassen en in linnen te wikkelen', zei Smenkes kalm. 'Straks als we aan land gaan, zullen we hem met de nodige eer begraven. En houd twee soldaten met een zweep ter beschikking om die moordenaar zijn verdiende straf te geven. De mannen en ook de Feniciers moeten zien dat we dit niet ongestraft laten.' Ahmose knikte.

Zelf ging Smenkes op de rand van het schip zitten. Hij wist wat er ging gebeuren. Na korte tijd kwam kapitein Hanno inderdaad naast hem zitten. Beiden staarden ze in de verte naar de kustlijn.

'Pijnlijk voorval', opende Hanno het gesprek.

Smenkes knikte. Hij had Hanno al goed genoeg leren kennen om te weten dat hij kwam onderhandelen om de zaak in zijn voordeel te beslechten. Hij had er dus alle belang bij het ergste scenario naar voren te schuiven.

'Volgens de Egyptische gebruiken moet ik de moordenaar met een knots de kop inslaan', zei Smenkes kalm. 'En zijn lijk in zee gooien. En van jou moet ik een compensatie krijgen omdat ik een soldaat en een werkkracht heb verloren.'

Hanno reageerde niet. Hij bleef in de verte staren alsof daar iets heel interessants te zien was, maar Smenkes wist dat hij nadacht om een tegenvoorstel te formuleren.

'U weet toch dat de Egyptische wetten buiten Egypte niet van toepassing zijn op Feniciërs', repliceerde Hanno kalm.

'Moet een moord buiten Egypte dan ongestraft blijven?' vroeg Smenkes sarcastisch.

'Wat dacht u van vijf el linnen als compensatie voor het verlies van uw soldaat?' vroeg Hanno.

Smenkes lachte honend.

'Een Egyptenaar is duidelijk minder waard dan een Feniciër', reageerde hij droog.

Even wachtte hij op een reactie van Hanno.

'Dertig zweepslagen voor de moordenaar en twintig el linnen als compensatie voor de verloren soldaat', zei hij toen Hanno niet reageerde. 'En een zilverstuk voor elke Egyptische soldaat die er door het verlies van de overledene nog werk bij krijgt. Wie het nog waagt een van mijn soldaten te doden of te verwonden, wordt aan het dwarshout opgehangen. Te nemen of te laten.'

Smenkes stond op om duidelijk te maken dat de onderhandelingen waren afgelopen. Achter zijn rug hoorde hij Hanno protesteren, maar hij trok het zich niet aan. De kapitein had niets achter de hand waarmee hij zijn eisen kracht kon bijzetten. Hij mocht al tevreden zijn dat de Egyptenaren hem en zijn mannen niet in het water hadden gekieperd.

'Ahmose!'

'Jawel, heer.'

'Laat de gevangene dertig zweepslagen toedienen. Zorg ervoor dat hij huilt van de pijn, maar hij moet wel in leven blijven.'

'Begrepen, heer,' zei Ahmose met tegenzin. 'Ik had hem liever doodgeknuppeld.'

Smenkes ging op zijn vertrouwde plaats op de reling zitten en keek naar de voorbijschuivende kust. Dertig keer hoorde hij het klappen van de zweep, dertig keer sneed het gehuil van de moordenaar door merg en been, maar hij trok het zich niet aan. Die moordenaar mocht tevreden zijn dat hij het er met dertig zweepslagen levend afbracht. In Egypte betekende moord automatisch terechtstelling, vaak voorafgegaan door urenlange martelingen voor iemand die zich aan de farao of zijn familie vergrepen had. Doodgeknuppeld worden met een knots was het beste dat een veroordeelde kon overkomen. Ahmose kwam naast hem staan.

'Hij heeft zijn dertig zweepslagen gekregen', zei hij. 'Maak ik hem los?'

Smenkes schudde zijn hoofd.

'Wacht met hem vrij te laten tot het losgeld betaald is.'

Eerst gebeurde er niets. Uit zijn ooghoek merkte Smenkes wel dat de Feniciërs druk aan het praten waren. Pas toen ze merkten dat hun moordenaar niet werd vrijgelaten, kwamen ze in beweging. Een Feniciër kwam tot bij Smenkes en bood hem een rol linnen aan. Een andere ging van soldaat tot soldaat en stopte elk een zilverstuk in de hand. Smenkes zag meteen dat het de rol linnen was die hij aan Hanno had moeten afstaan.

'Hebben alle soldaten een zilverstuk gekregen?' vroeg hij aan Ahmose.

'Jawel, heer.'

'Laat de gevangene dan vrij. Het incident is gesloten.'

Met tegenzin knoopte Ahmose het touw los waarmee de gevangene aan de mast was vastgebonden en liet hem op het dek liggen. Twee Feniciërs kwamen hun kompaan ophalen en droegen hem naar de achtersteven, waar de Feniciërs samenklitten.

Nog dezelfde dag liet kapitein Hanno het anker uitwerpen voor de kust. Vijftien Egyptische soldaten droegen het lijk van hun makker van het schip naar het strand. Met hun handen groeven ze een kuil in het zand en legden het lichaam van Chety in het graf. Allemaal begonnen ze te jammeren en te klagen, dat was dan ook het enige dat ze voor hun kameraad nog konden doen. Zijn lichaam balsemen, het in een sarcofaag[18] leggen en het in een stenen graf begraven was er niet bij. Alleen de hymne aan Osiris kende Smenkes nog en hij bad: 'Ik groet u, mijn vader Osiris! Ik zal mijn lichaam voor altijd bezitten, het zal niet ontbinden, het zal niet door wormen opgegeten worden; ik besta, ik ben levend, ik ben sterk, ik ben in vrede opgestaan, mijn ingewanden zijn niet aangetast, mijn ogen zijn intact, mijn hoofd is niet van mijn hals gerukt, mijn lichaam is eeuwig, het zal niet vergaan.' [19] Toen gooiden ze de kuil dicht en voeren weg in de hoop dat Osiris de vermoorde in het hiernamaals zou toelaten.

[18] Sarcofaag is alweer een Grieks woord, het betekent 'vleeseter'. De Egyptenaren noemden de lijkkist *neb anch,* wat 'heer van het leven' betekent.
[19] Uit het Egyptische Dodenboek.

# 7

'Hebt u het al gemerkt, heer?' vroeg Ahmose. Hij was naast Smenkes op de voorplecht komen staan.

'Wat dan?' vroeg Smenkes.

'De zon staat nog altijd op in het oosten, ze gaat onder in het westen, maar in de loop van de dag schijnt ze niet meer in ons gezicht, maar op onze rug. Heeft de zonnegod zijn traject gewijzigd of is er iets met ons?'

Smenkes knikte. Hij had het natuurlijk ook gemerkt en hij wist evenmin wat hij ervan moest denken.

'Toen ik nog met het leger rondtrok, heb ik dikwijls de nacht doorgebracht in de openlucht', ging Ahmose verder. 'Ik wist precies waar de schitterendste sterren stonden, maar hier vind ik ze niet terug. Hebben de sterren ook een andere plaats gekregen?'

'Van de zon en de sterren heb ik geen verstand, maar de schaduw van de speer die ik in het dek heb geplant is ongeveer even lang als toen we rond de Kaap van de twaalf kruiden voeren. Kijk!'

'Maar de schaduw wijst wel naar het zuiden...'

Smenkes knikte. Hij probeerde zijn bezorgdheid zo goed mogelijk te verbergen om op zijn officier geen zwakke indruk te maken. Zelf was hij echter onrustig, alsof er elk ogenblik iets kon gebeuren dat catastrofale gevolgen kon hebben. Zijn enige zekerheid was de kust, die ze altijd in het oog hielden en waar ze in geval van nood naartoe konden roeien.

'Schip in zicht!' De stem van de man die op de voorplecht op de uitkijk stond. Ongelovig kwam Smenkes overeind. Het was al sinds de Kaap van de twaalf kruiden geleden dat ze nog een ander schip hadden gezien. Nieuwsgierig liep hij naar voren.

'Waar?' vroeg hij aan de wachter. Smenkes volgde de richting van zijn uitgestoken wijsvinger. Inderdaad. Heel in de verte, ver weg van de kust, zag hij een mast, een zeil en een scheepsvorm die hij nooit eerder had gezien. Het zag eruit als een halve bol die op het water dobberde. Het schip was nog te ver om de opvarenden te kunnen onderscheiden. Even dacht hij dat hun schip de grens tussen de wereld van de levenden en de onderwereld was overgestoken en dat ze in het dodenrijk waren terechtgekomen, maar die gedachte was zo onwaarschijnlijk dat hij ze meteen van zich afzette. Kapitein Hanno was erbij komen staan. Met half dichtgeknepen ogen staarde hij naar het vaartuig.

'Is het een Fenicisch schip?' vroeg Smenkes.

'Dat scheepstype hebben wij nooit gebouwd', zei Hanno beslist. Ingespannen bleef hij in de verte staren. 'Ik weet niet waar dat schip vandaan komt en wat de bedoeling van de bemanning is, maar het is verstandig niets aan het toeval over te laten.'

Smenkes snapte wat hij bedoelde. De grootste vijand van de zeevaarder was niet de zee, maar de zeerovers die het op de vracht gemunt hadden.

'Ahmose?'

'Aanwezig, heer!'

'Breng de mannen in staat van paraatheid!'

Ahmose gaf de bevelen door. Meteen namen de mannen hun wapens op en gingen op de roeibanken zitten, klaar om in geval van nood meteen in actie te schieten. Ahmose wist dat hij zich niet op één punt mocht fixeren. De vijand naar één kant lokken om hem daarna te omsingelen was een val die hij ook al had uitgezet maar waar hij zelf niet meer intrapte. Hij moest in alle richtingen kijken om te zien of er nog andere schepen waren. Hij tuurde aandachtig over het water. Heel in de verte zag hij een stip.

'Heer, kijk, een tweede schip!'

Met zijn uitgestoken hand wees hij de richting aan. Nu zagen Smenkes en Hanno het ook.

'Wat doen we?' vroeg Smenkes.

'Voorlopig niets. Doorvaren, maar korter bij de kust.'

Hanno schreeuwde een bevel in een taal die Smenkes niet begreep en het schip zwenkte langzaam naar rechts.

'Als ze het op ons gemunt hebben, zullen we het wel merken.'

Hanno bleef op de neus van het schip staan en volgde de bewegingen van de twee andere schepen. Die maakten geen aanstalten om van koers te veranderen.

'Ze varen door', zei de kapitein na een poos. 'Ze hebben het niet op ons gemunt. Misschien doen we er goed aan hen te volgen. Zij kunnen ons naar de dichtstbijzijnde haven brengen.'

Opnieuw schreeuwde hij een bevel voor de stuurman en het schip keerde terug naar zijn oorspronkelijke koers.

'Iedereen terug naar zijn normale bezigheden!' schreeuwde Ahmose. 'De wapens binnen handbereik houden!'

De mannen stonden op van de roeibanken en zwermden uit over het schip. Degenen die vrij van dienst waren, gingen op de reling zitten om de vreemde schepen in de gaten te houden. Veel was er voorlopig niet te zien, tenzij de vorm van het schip en de rechthoekige gele zeilen die bol stonden van de wind. Voor kapitein Hanno was het duidelijk dat de schepen een bepaalde koers aanhielden en dat beide dezelfde richting volgden.

Een hele dag volgde Het oog van Horus de twee andere schepen zonder dichterbij te komen. Toen stevenden die resoluut op de kust af, een baai in. Nu zagen de Egyptenaren de kleurrijke wimpels waarmee het touwwerk van de schepen versierd was en mannen die druk over en weer liepen en de mast in klauterden om kleine of grote zeilen te vieren of te reven.

'Dat zijn geen oorlogsschepen', zei Hanno. 'Het zijn vrachtschepen die op weg zijn naar een haven.'

'Volgen we hen?' vroeg Smenkes.

'Dat is het beste dat we kunnen doen. Kijk maar naar de kustlijn!'

Aan het einde van de baai werden hoge gebouwen zichtbaar, een aanlegsteiger en grotere en kleinere schepen die in de baai voeren of aangemeerd lagen.

'Een stad!' mompelde Smenkes verbaasd. 'Hoe kan dat?'

De anderen antwoordden niet, maar keken hun ogen uit op de schepen en de gebouwen die alsmaar imposanter werden. Huizen als steile piramides en zuilen die twee volwassen mannen niet konden omarmen. Dit was een stad die niet moest onderdoen voor de Egyptische steden. En de schepen die hier aangemeerd lagen, waren heel anders gebouwd dan wat zij tot nu toe gezien hadden.

'Het ontvangstcomité komt ons al tegemoet!' riep de kapitein. 'Houd de wapens binnen handbereik, maar laat ze niet zien!'

Tientallen prauwen met zwarte mannen in kwamen het Egyptische schip tegemoet en omsingelden het.

'Moeten we iets doen, heer?' vroeg Ahmose.

'We kunnen niets doen!' reageerde Smenkes. 'Tenzij onze ogen en oren openzetten!'

In een van de prauwen ging een man rechtop staan en maakte met gebaren duidelijk dat ze hem moesten volgen.

'Roeien!' beval Smenkes.

De trommelaar begon de maat aan te geven en kapitein Hanno ging op de voorsteven staan en schreeuwde zijn bevelen naar de stuurman. Langzaam naderde het schip de kade. Smenkes besefte dat hij indruk moest maken op deze mensen en zich als de vertegenwoordiger van de farao moest vertonen. Hij daalde af in het ruim, sloeg een schone lendendoek om, zette een pruik op die in Egypte enkel de hoogwaardigheidsbekleders droegen en nam de bronzen staf die hij van de farao gekregen had. Uit zijn voorraad koos hij een gouden halsketting en enkele scarabeeën, stopte ze in zijn heuptas en liep terug naar het dek.

'We meren aan!' riep Hanno.

Snel ging dat niet, want de kapitein moest rekening houden met andere schepen die voor hem de baai waren binnengevaren. Toen het eindelijk zijn beurt was, manoeuvreerde hij het schip voorzichtig tot het tegen de kade lag en met de trossen werd vastgemaakt.

Een grote, zwarte man met een luipaardenvel over zijn schouders stond hen op de aanlegsteiger op te wachten. Op zijn hoofd stond een luipaardenkop en in zijn rechterhand hield hij een lange stok. Hij was duidelijk de bevelhebber van de troep mannen met speren en schilden die achter hem stond. Smenkes besefte dat hij deze mannen niet kon negeren.

'Ahmose, zorg voor een lijfwacht en volg mij', zei hij beslist. 'Kom je mee?' vroeg hij aan Hanno. De kapitein knikte.

Zodra de loopplank was uitgegooid, liepen ze de kade op. Voor de man met het luipaardenvel bleef Smenkes staan en boog zijn hoofd. Iets zeggen had vermoedelijk geen zin, maar toch probeerde hij het.

'Ik ben de vertegenwoordiger van de Egyptische farao', zei hij. 'Als het mogelijk is, zou ik graag aan de koning of de gouverneur van deze stad worden voorgesteld om de groeten van mijn heer en meester over te brengen.'

Glimlachend keek de zwarte man hem aan, maar het was duidelijk dat hij er geen snars van begreep.

'Mag ik, heer?' vroeg Ahmose.

Smenkes knikte. Hij vermoedde dat zijn officier zijn woorden in het Nubisch vertaalde, maar ook daar reageerde de luipaardenman niet op. Toen drong iemand uit zijn gevolg naar voren en fluisterde zijn gezagvoerder iets in het oor. De luipaardman knikte. Zijn ondergeschikte begon tegen Ahmose te praten.

'Die man spreekt Nubisch', zei Ahmose na een poos. 'Hij kan tolken.'

Smenkes knikte.

'Vraag hem in welk land we terechtgekomen zijn.'

'In het koninkrijk Poent.'

Smenkes fronste zijn wenkbrauwen.

'Zegt hij het koninkrijk Poent?' herhaalde hij. Ahmose knikte. Smenkes kon zijn oren niet geloven. In de ambtenarenschool had hij geleerd dat er ergens een koninkrijk Poent bestond dat overvloeide van melk en honing. Hij wist ook dat de Egyptenaren er ooit contact mee hadden, maar dat elke relatie sinds lang verloren was gegaan. Had hij dat vergeten koninkrijk opnieuw ontdekt?

'Ik ben de gezant van de farao van Egypte en ik wil graag de koning van dit land ontmoeten om hem de groeten van mijn meester over te brengen', zei hij kalm. 'Kan uw overste ons bij de koning brengen?'

Ahmose vertaalde de vraag voor de Nubiër en die gaf de boodschap door aan zijn overste. Smenkes zag hem zachtjes met zijn hoofd schudden, alsof hij eraan twijfelde of hij op deze vraag kon ingaan.

'Hij zegt dat de koning de zoon is van de oppergod en dat iedereen die hem oneerbiedig benadert, onmiddellijk wordt neergebliksemd.'

Smenkes zuchtte. Het grapje dat de koning de zoon was van een god en dat zijn ogen bliksemschichten waren die zijn onderdanen konden vernietigen, had hij ook al in Egypte horen vertellen. Het was het soort godsdienstige flauwekul waar hij geen oren naar had en dat alleen maar diende om de mensen angst aan te jagen voor hun heerser.

'Daarbij heeft de koning het te druk om het land te verdedigen.'

'Ik denk dat hij een geschenk wil', fluisterde Ahmose. 'Vier el linnen lijkt mij genoeg om hem gunstig te stemmen.'

Smenkes knikte en wachtte tot de soldaat met het linnen naast hem stond.

'Als teken van vriendschap tussen uw land en het mijne schenkt de farao u deze lap stof', zei hij en hij drapeerde het witte linnen over de schouder van de luipaardman. Smenkes zag meteen dat diens gezicht opklaarde. Hij draaide zich om en liet zijn nieuwe kledingstuk bewonderen door de mannen achter hem. Het was duidelijk dat zij ook wel een stukje wilden. Toen gaf hij zijn bevelen door aan de Nubiër.

'Mijn officier zal zijn best doen om een audiëntie met de koning te regelen. In afwachting blijft u hier op het schip of op de kade. Hij heeft mij de opdracht gegeven bij u te blijven en uw tolk te zijn zolang uw schip in de haven ligt.'

Smenkes knikte vriendelijk, boog zijn hoofd en murmelde iets als *dank u* toen de zwarte officier wegliep. Hij had liever de vrijheid gekregen de stad in te trekken maar in een georganiseerd land als dit kon dat blijkbaar niet. Ook in Egypte mochten de vreemdelingen niet zomaar overal rondneuzen. Er zat niets anders op dan naar het schip terug te keren en te wachten. Hij hoopte maar dat het geschenk van vier el linnen genoeg was om de deuren naar de koning te openen.

In afwachting ging hij met Ahmose en de tolk op een roeibank zitten.

'Is die Nubiër ooit in Egypte geweest?' vroeg Smenkes.

Ahmose bracht de vraag over en vertaalde het antwoord.

'In ons land is hij nooit geweest. Op zoek naar het einde van de wereld is hij de Nijl afgevaren en na veel onbevaarbare stukken, watervallen en stroomversnellingen is hij in een groot meer terechtgekomen...'

'De Ethiopische Zee?' onderbrak Smenkes hem.

De man schudde van neen.

'Ik heb de Ethiopische Zee nog altijd niet gevonden. Het grote meer waaruit de Nijl zijn water haalt, is helemaal door heuvels en bergen ingesloten. Het is geen *oceanus* die met de wereldzeeën in verbinding staat. In het droge seizoen staat er weinig water in dat meer, maar in het regenseizoen komt het water zo hoog dat de Nijl een veel grotere hoeveelheid water moet meevoeren, wat tot overstromingen leidt, tot in Egypte toe. Omdat ik niet verder kon, heb ik mijn boot op dat meer achtergelaten en ik ben te voet verder getrokken. En hier heb ik een vrouw gevonden die voor mij het einde van de wereld is en wij hebben ons hier gevestigd.'

Smenkes vond dat zijn verhaal nogal avontuurlijk en verzonnen klonk, maar misschien zat er wel een kern van waarheid in. Misschien was dit wel de verklaring voor de overstromingen in Egypte. Eerst wilde hij iets anders weten.

'Zijn er in dit land kaneelbomen?' vroeg hij.

De Nubiër haalde zijn schouders op.

'Ik weet niet wat hier groeit,' zei hij, 'maar ik weet wel dat in de haven alles te koop is wat de wereld te bieden heeft.'

Smenkes wilde hem verder ondervragen, maar hij kreeg er de kans niet toe.

'Kijk eens naar de matrozen van het schip voor ons!' riep iemand. 'Net dwergen!'

Alle ogen keerden zich naar de kleine mannetjes met pikzwart haar dat in lange staarten gevlochten was, onverzorgde baarden en ogen die nauwelijks open waren. Aalvlug liepen ze op hun schip heen en weer. Ze hadden blauwe kielen aan en broeken die tot halverwege hun kuiten reikten.

'Waar komen die vandaan?' vroeg iemand anders.

'Zijn het wel echte mensen?'

Niet alleen de Egyptenaren stonden naar de kleine mannen te kijken, die kleine mannen staarden even verbaasd naar de Egyptenaren met hun kaalgeschoren hoofden en getaande lichamen. Sommigen zwaaiden, bogen hun hoofd en riepen iets dat geen enkele Egyptenaar begreep. Smenkes besefte dat hij niet in een godvergeten nest was terechtgekomen, maar in een bloeiende stad waar schepen aanlegden uit landen waar hij nog nooit van gehoord had en die niet op zijn kaarten stonden. Was het mogelijk dat de wereld groter was dan de geleerden van de farao beweerden? Om daar achter te komen moest hij aan de wal gaan en met andere zeevaarders praten.

'Weet jij waar het schip voor ons vandaan komt?' vroeg Smenkes aan de Nubiër. Ahmose vertaalde.

'Af en toe, als de winden gunstig zijn, leggen hier schepen uit het Oosten aan, ik weet niet hoe ver hiervandaan, helemaal uit het land waar 's morgens de zon opgaat. Ze spreken een taal die niemand begrijpt, maar af en toe brengen ze stoffen mee die zachter zijn dan het dons van een nijlgans. Om terug te kunnen keren naar hun land, moeten ze zeker zes maanden wachten op de winden die naar het oosten waaien.'

Vol bewondering keek Smenkes naar het ronde schip voor hen en naar de kleine mannetjes die onvermoeibaar heen en weer liepen en vrachten uit het ruim naar boven haalden. Nog voor ze aan de loopplank van het volgende schip kwamen, werden ze aangeklampt door drie kleine, blanke mannen met prachtige kleren en een zwarte hoed waaraan een lange haarstaart scheen te bengelen. Ze bogen voor hen en nodigden hen met armbewegingen uit op hun schip te komen.

'Zullen we maar?' stelde Smenkes aan Hanno voor.

'Natuurlijk, zo een gelegenheid krijgen we niet meer.'

Achter een van de mannen liepen ze over de loopplank naar het dek van het vreemde schip. Meteen werd hun een krukje aangeboden om tegenover de drie mannen die hen hadden uitgenodigd te gaan zitten. Toen bracht een dienaar vijf kopjes waarin een bruinachtig vocht dampte. De gastheren staken hun kopjes omhoog, zegden iets in een onverstaanbare taal en zetten de kopjes aan hun lippen. Het was duidelijk de bedoeling dat Smenkes en Hanno hetzelfde zouden doen en dat ze het bruine vocht zouden opdrinken. Eerst nipte Smenkes eraan. De drank was warm, maar niet slecht. Toen dronk hij in één teug het kopje leeg. Hij zag dat zijn drie gastheren hem nieuwsgierig en glimlachend aankeken. Uit beleefdheid gaf hij een teken dat het hem gesmaakt had. Meteen stond de bediende er weer om zijn kopje bij te vullen. Smenkes wist niet wat hij moest zeggen. Hij mompelde 'dank u' in het Egyptisch, maar hij was er zeker van dat zijn gastheren hem niet begrepen.

'Wat is de volgende stap?' vroeg hij aan Hanno.

'Wachten. Laat het initiatief maar aan hen over.'

Hij had gelijk. Toen Smenkes zijn tweede kopje had uitgedronken, klapte een van de gastheren in zijn handen en een bediende kwam met een rol stof op de armen voor Smenkes en Hanno staan. Smenkes voelde eraan met duim en wijsvinger. Wauw! Zo een zachte stof had hij in zijn land nog nooit gezien! Hij stond op van zijn kruk en rolde de stof enkele ellen af om het kleurpatroon te bewonderen. Donkerrode monsters met sneeuwwitte bergen op de achtergrond! Ook dat had hij nog nooit gezien.

'Hanno, heb jij dit soort stoffen al eerder gezien?'

'Nee. Maar ik weet wel dat onbekende volkeren uit het oosten stoffen weven van de cocon van een insect dat ze zijderups noemen. Af en toe zijn die stoffen op de markt van Persepolis te koop, maar alleen een koning kan ze betalen.'

Smenkes besefte dat dit een stof was waar hij in het gebied rond de Middellandse Zee veel geld voor kon krijgen. Hij wist niet wat hij moest betalen om deze stof in zijn bezit te krijgen.

'Heb je enig idee van de prijs?' vroeg hij.
'Geen idee.'
Nog voor Smenkes naar de prijs had kunnen vragen, zette de bediende twee stappen achteruit om plaats te maken voor een tweede. Die had zijn handen vol met potten en kruiken die eruitzagen alsof ze van kostbare steen gemaakt waren. En op de potten stonden in de schitterendste kleuren vogels, vissen, bomen en struiken afgebeeld en bergen die zo groen waren alsof ze van onderen tot boven begroeid waren. Vol bewondering keek Smenkes van de kruiken naar zijn drie gastheren en terug.
'Ik denk dat dit onbetaalbaar is voor ons', fluisterde Hanno.
Toen zette ook de bediende met de kruiken een stap achteruit om plaats te maken voor iemand met een schaal waarop een tiental kleine potjes stonden. Achtereenvolgens hield hij elk van die potjes onder de neus van Smenkes. Hm! Zachte, sterke, vreemde geuren drongen tot hem door, afkomstig van oranje, gele en zwarte poeders en noten en iets dat op druivenpitten leek. En toen, plots, kreeg hij de geur van kaneel in zijn neus. Hij zette elk van de potjes weer aan zijn neus... Het vijfde potje met het bruine poeder, dat was het! Met zijn natte wijsvinger viste hij een dun laagje van het poeder uit het potje en hield het onder zijn neus. Hm! Het was het bruine goud waarvoor de farao hem had uitgestuurd. Eindelijk!
'Ik heb het gevonden', schreeuwde hij.
Niet-begrijpend keek Ahmose hem aan.
'Kaneel.'
Hij hield zijn wijsvinger onder de neus van zijn officier.
'Daarvan moeten we een scheepslading meenemen.'
Met gebaren maakte Smenkes duidelijk dat hij daar een grote hoop van wilde. Meteen sprongen enkele kleine mannetjes het ruim in en staken tien zakken naar boven die vol zaten met bruine kaneelpijpjes. Met zijn handen graaide Smenkes in de zakken en rook eraan alsof hij het heerlijkste parfum van de wereld had gevonden.
Glimlachend zaten zijn gastheren hem te bekijken.

'Ze hebben laten zien wat ze te koop hebben', zei Hanno. 'Ze wachten op een voorstel van ons.'

'Stuur vijf soldaten terug om enkele rollen linnen, een voorraad papyrus en een paar scarabeeën, halskettingen en ivoren beeldjes te halen. Maar ze mogen niet allemaal samen terugkeren.'

Enkele minuten later kwam de eerste man weer over de loopplank met een rol linnen onder zijn arm.

'Zet ik een volledige rol in?' vroeg Smenkes aan Hanno.

'Probeer maar eens.'

Meteen werd duidelijk dat het onvoldoende was. Zelfs een tweede rol linnen toverde geen glimlach op het gezicht van de verkopers.

'Doe er een gouden halsketting bovenop', raadde Hanno.

Toen ze dat zagen, begonnen de gastheren enig enthousiasme te vertonen. Geanimeerd begonnen ze met elkaar te overleggen. Eentje deed de halsketting om en pronkte ermee alsof hij koning was geworden. Ook de anderen wilden de ketting weleens rond hun nek hebben. Smenkes nam een handvol kaneelpijpjes in zijn ene hand, de gouden ketting in de andere en woog ze tegen elkaar af.

'Akkoord?' vroeg hij.

De mannen schudden hun hoofd heen en weer.

'Dat betekent ja', zei Ahmose.

'Doen we een goede zaak?' vroeg Smenkes.

'Een uitstekende zaak', antwoordde Hanno. 'Deze voorraad kaneel brengt u in het gebied van de Middellandse Zee vijfentwintig gouden halskettingen op.'

'Ahmose, laat de zakken naar ons schip brengen voor ze zich bedenken.'

Toen dat gebeurd was, stond Smenkes op. Met veel buigingen stapte hij van het schip op de kade en liep terug naar zijn eigen schip.

Hij kon zijn geluk niet op. Vandaag had hij eindelijk gevonden waarvoor hij was uitgestuurd! Zelfs als de rest van de reis niets meer opleverde, dan had hij toch de haven gevonden waar de

Egyptenaren in de toekomst kaneel konden opkopen om zelf te gebruiken en met grote winst door te verkopen. Zijn enthousiasme was zo groot dat hij bier en een extra portie brood liet uitdelen.

*Tiende dag van de maand Pachons.*[20]

*Op de achtste dag van de maand Epipi hebben we het koninkrijk Poent bereikt. De stad heeft een haven die vanuit de zee gemakkelijk bereikbaar is. In deze stad hebben we van oosterse zeelui een lading kaneel gekocht en ik heb begrepen dat er regelmatig kaneelschepen aanleggen. Ondanks het geschenk dat we aan zijn officier hebben gegeven, wilde de koning van Poent ons niet ontvangen omdat hij het te druk had met oorlog voeren met een van zijn buren. Wij hebben de toestemming gekregen de stad in te trekken en het koninklijk paleis te bewonderen. Eromheen staan grote stenen gebouwen die lijken op onze piramides, maar ik heb niet kunnen achterhalen waar die voor dienen. Overigens is de stad rijk aan zoet water dat door een rivier wordt aangevoerd, aan vruchten en melk. De bewoners eten een gekookte brij van wortels en korrels die op onze gerst lijken. De bomen die er groeien lijken op de reuzen die ik in Libanon heb gezien. Alles is hier in overvloed, maar alleen de kaneel lijkt mij de moeite om de lange reis te ondernemen.*

*Gisteren heb ik een felle discussie gehad met kapitein Hanno. Toen ik hem de opdracht gaf vandaag uit te varen en zuidwaarts verder te trekken, heeft hij mij ervan proberen te overtuigen niet verder te gaan. Hij stelt voor te wachten tot de wind van richting verandert om dan naar Egypte terug te keren. Onze voedselvoorraden raken op en hij ziet niet in hoe we met een lege maag kunnen overleven. Hij voelt er niets meer voor om nog verder zuidwaarts te varen. Hij vindt dat te gevaarlijk en wil zo snel mogelijk naar huis. In Egypte kunnen we vertellen dat rond Afrika varen onmogelijk is omdat het water van de* oceanus *zich even voorbij Poent in een afgrond stort.*

---

[20] 7 april.

*We kunnen er verhalen bij verzinnen hoe we op het nippertje aan de dood ontsnapt zijn. Ik heb hem erop gewezen dat daar geen sprake kan van zijn en dat we onze tocht verder zullen zetten, zelfs al duurt die nog vier maanden. Hij is kwaad weggelopen en hij heeft de Feniciërs tegen mij opgezet, want ze troepen op de achtersteven samen en bespieden mij met argusogen. Ik heb Ahmose de opdracht gegeven hen in het oog te houden, want voor een laffe moord schrikken ze niet terug.*

*Ik verdenk Hanno ervan dat hij een geheime agenda heeft en zo snel mogelijk naar Fenicië wil terugkeren om een winstgevende handel met Poent op te zetten. Je kon zo zien dat het bruine goud zijn ogen uitstak en dat zijn vingers jeukten om er de winst van op te strijken.*

*Toch maak ik mij zorgen om de geslonken voorraden. Wij zijn onze negende maand onderweg en ondanks mijn krenterigheid en het extra voedsel dat we uit de jacht, de visvangst en de pluk halen, zijn onze voedselvoorraden tot molshopen geslonken. En het einde van de reis is niet in zicht.*

# 8

Wekenlang werd het schip door de noordoostenwind voortgestuwd. Soms was die zo hevig dat het zeil aan flarden werd gescheurd en de zeilmaker snel een ander moest naaien. Elke dag was er wel iets dat gerepareerd moest worden. De wind zweepte de zee op tot hoge golven die het schip optilden en dan weer in het water kwakten. Soms kraakte het schip zo erg dat Smenkes vreesde dat het in tweeën zou breken. Kapitein Hanno was zo roekeloos dat hij zelfs 's nachts durfde door te varen, wat veel mannen slapeloze nachten bezorgde. Smenkes was ervan overtuigd dat dat de wraak was van Hanno. Als de Egyptenaren niet wilden terugkeren, dan moesten ze maar zo bang gemaakt worden dat ze het in hun broek deden van de schrik! Op de kapitein na was iedereen zeeziek geweest en iedereen had dit schip en deze expeditie vervloekt en gedroomd van thuis... In Egypte was dit het seizoen van de oogst, wanneer de zon ongenadig op de kale hoofden scheen en alleen de schaduw van de bomen voor enige afkoeling zorgde. Op zee werd het steeds kouder. 's Nachts moesten de mannen alles aantrekken wat ze hadden om zich te verwarmen. En de jongens die hun mantel geruild hadden voor een gouden polsband, hadden daar dubbel en dik spijt van. De winter was in aantocht. Hoe kon dat nu? De schaduw van de speer op de voorplecht was 's middags even lang als toen ze nog in de Rode Zee voeren. Alleen wees ze de andere kant op. En de zon die tien maanden lang aan hun linkerkant was opgekomen, draaide langzaam naar hun rug zodat de middagzon rechts van hen stond.

Voor hun voedsel waren ze volledig aangewezen op de jacht, de pluk en de visvangst. Op de *strategische voorraden* na was alles opgebruikt. De ingeslagen voedselvoorraden waren berekend op een reis van ten hoogste tien maanden! Die waren om. En Egypte was nog niet in zicht! Smenkes wist wel dat niet alleen de Feniciers maar ook de Egyptenaren morden. Ze waren de zee en deze reis zo beu dat ze alles zouden doen om er een einde aan te maken. Maar wat konden ze doen? Aan land gaan, Egypte vergeten en een nieuwe nederzetting stichten? Neen, dat was een fantasie waar niemand achter stond. Hem in het water gooien en het bevel overnemen? Dat loste helemaal niets op. Met deze wind langs dezelfde weg terugzeilen was onmogelijk. Er zat gewoon niets anders op dan door te varen en te hopen dat er een eind zou komen aan deze reis. De vizier van de farao had hem opgedragen rond Afrika te varen. En dat zou hij doen! Zelfs als dat nog tien maanden zou duren.

Smenkes hoorde dat iemand de trap afliep.

'Heer, ik ben het, Ahmose. Mag ik u even storen?'

'Kom maar binnen.'

Smenkes bleef in zijn hangmat liggen en draaide zijn hoofd naar zijn officier. Hij zag aan zijn gezicht dat hij geen prettig nieuws bracht.

'Kunnen we niet aan land gaan, heer?' vroeg Ahmose. 'De stemming onder de mannen is ronduit slecht. Sommigen beweren dat ze zeemonsters hebben zien opduiken, zwarte gevaartes met staarten zo groot als een huis die ons schip met één klap kunnen kelderen. Anderen hebben fonteinen uit de zee zien opstijgen. Ze denken dat we dicht bij de waterval zitten die ons naar de onderwereld zal meesleuren. Er is niet veel nodig om muiterij te doen uitbreken en dan weet ik niet waar het eindigt. Misschien is het een goed idee om de mannen een paar dagen vrij te geven. De vaste grond onder hun voeten zal hen kalmeren.'

Smenkes zuchtte. Hij kon nu naar het dek gaan en dreigen met zweepslagen en terechtstellingen, maar hij besefte dat dat een slechte tactiek was. Het was al genoeg dat hij de Feniciërs tegen zich in het harnas had gejaagd. De Egyptenaren moest hij tot elke prijs te vriend houden. Daarbij snakte hij zelf ook naar een beetje rust op het land, na de rotweken op zee.

'Is er een haven of een aanlegplaats?' vroeg hij.

'Op het eerste gezicht niet, maar we zullen ernaar uitkijken.'

'Zeg maar tegen de mannen dat we aan land gaan en dat ze ruim de tijd zullen krijgen om op adem te komen.'

Ahmose knikte en liep de trap op naar het dek. Smenkes liet zich uit zijn hangmat glijden. Hij gooide een mantel over zijn schouders en volgde zijn officier naar boven. Aan de gezichten van zijn mannen kon hij zien dat Ahmose zijn boodschap al had overgebracht. Hij ging op zijn vertrouwde plaats op de reling zitten. De zee was minder woest geworden. Hij keek naar de kust: uit de zee opstijgende rotsen, afgewisseld met kleine stukjes zandstrand. Daar het schip laten vastlopen zou waarschijnlijk te gevaarlijk zijn. Hij keek voor zich uit over het land. Hé, wat was dat? In de verte, half verscholen in wolkensluiers, zag hij iets als een reuzentafel.

'Ahmose!' riep hij.

Zijn officier kwam naast hem op de reling zitten.

'Zie jij die tafel ook?'

Ahmose tuurde in de richting van Smenkes' uitgestoken wijsvinger. Inderdaad, in de verte tussen de lage wolkenslierten tekende zich vaag een reuzentafel af.

'Zeg tegen kapitein Hanno dat ik zo snel mogelijk aan land wil gaan, ergens op een beschutte plaats of in een baai waar we een paar dagen kunnen blijven, het liefst in de buurt van die reuzentafel.'

'Begrepen, heer.'

Sinds de kapitein geprobeerd had hem ervan te overtuigen terug te keren, hadden ze nog nauwelijks met elkaar gesproken. De noodzakelijke mededelingen werden door tussenpersonen doorgegeven.

Smenkes zag dat een Feniciër het peillood uitgooide en zijn bevindingen aan de kapitein doorschreeuwde. Toen ging Hanno op de voorplecht staan. Ingespannen tuurde hij voor zich uit, hij liet om de haverklap het peillood uitgooien en schreeuwde zijn bevelen door naar de stuurman. De wind blies zo stevig dat roeien niet hoefde. Het duurde nog een hele poos, maar uiteindelijk loodste de kapitein het schip een prachtige baai binnen.

'Mannen, kom kijken!' riep iemand. 'Net waterhonden!'

Op een eiland dat ze voorbijvoeren, zaten duizenden zwarte dieren met een hondenkop en het lijf van een vettige vis, maar zonder poten. Het was alsof ze hun vinnen als voorpoten gebruikten. De Egyptenaren vonden dat grappig, maar de Feniciërs keken gefascineerd naar de Tafelberg. De kapitein had alleen oog voor de omgeving en liet het schip aan de voet van de berg in het zand vastlopen. De mannen waren zo enthousiast dat ze meteen het strand wilden oplopen, maar Smenkes hield hen tegen. Eerst moest Ahmose aan land gaan en de omgeving uitkammen. Pas toen hij terugkeerde en de streek veilig had verklaard, mochten de manschappen het schip verlaten. Terwijl tien mannen de wacht optrokken en de buurt in de gaten hielden, begonnen de anderen hutten te bouwen. De vissers gooiden hun netten uit, de bakkers en de brouwers die werkloos waren bij gebrek aan gerst, sprokkelden hout om een vuur aan te leggen. Sneller dan hij van hen gewoon was, verlieten de Feniciërs het schip, bouwden met stenen een altaar op het strand en plengden daar olie en wijn over terwijl ze diep bogen en hun handen uitstrekten naar de Tafelberg.

Vanaf de voorplecht stond Smenkes alles te bekijken. Met vijfenzestig waren ze uit Egypte vertrokken, negenenvijftig waren er nog in leven. Hij durfde niet te voorspellen met hoeveel man hij naar Egypte zou terugkeren, hij durfde zelfs niet te hopen ooit nog naar zijn vaderland terug te keren. Het enige dat hij kon doen was leven van dag tot dag in de hoop dat op elke dag een andere zou volgen. Vanuit zijn ooghoeken zag hij dat Hanno naast hem kwam staan. Smenkes keek hem aan.

'Begraven we de strijdbijl?' vroeg Hanno.

Smenkes knikte. Hij had de strijdbijl niet opgegraven en het was niet zijn schuld dat hun relatie verzuurd was, maar hij besefte dat ze nog lang met elkaar opgescheept zaten en dat ze in het belang van de expeditie toch moesten samenwerken.

'Mag ik ervan uitgaan dat je verder wilt varen tot we weer in Egypte zijn,' vroeg hij, 'zelfs als dat nog maanden duurt?'

Hanno knikte.

'En dat je je manschappen onder controle houdt?'

Hanno knikte opnieuw.

'Is er nog Syrische wijn?'

De kapitein glimlachte en klapte in zijn handen. Een van zijn matrozen kwam aanlopen, kreeg een bevel in het Fenicisch en kwam even later met een kruik en twee bekers terug. De kapitein schonk de twee bekers halfvol.

'Op een goede afloop!'

'Op een goede afloop!'

In één gulzige teug sloegen ze de bekers achterover alsof ze op deze manier hun overeenkomst bezegelden. De kapitein schonk nog eens in en toen gingen ze zitten alsof ze het een en ander te bespreken hadden.

'Brengen uw mannen een offer?' informeerde Smenkes.

'Volgens de verhalen die in Fenicië verteld worden, bestuurt de god Baäl de wereld vanuit een paleis, ergens ver weg waar de mensen niet kunnen komen. De mannen geloven dat we dat *ver weg* bereikt hebben en dat dat de tafel van de oppergod is...'

'Denk jij dat ook?' onderbrak Smenkes hem.

'Ik denk dat we het uiterste punt van Afrika hebben bereikt', ging Hanno onverstoorbaar verder.

Nieuwsgierig keek Smenkes hem aan.

'Vanmorgen waren er twee waterstromen die tegen elkaar opbotsten: die van de oceaan waar wij op voeren en die van een andere oceaan, misschien wel de Atlantische, die ons tot aan de zuilen van Hercules zal brengen.'

Smenkes dacht na.

'En de Ethiopische Zee?' vroeg hij.

'Bestaat niet', zei de kapitein met klem. 'We hebben toch gezien dat Afrika niet eindigt aan de zuidgrens van Ethiopië. Het werelddeel is veel reusachtiger dan de aardrijkskundigen tot nu beweerd hebben. Er bestaan beslist koninkrijken waar wij nog nooit van gehoord hebben. Het zal nog een tijdje duren voor we weer de Nijl opvaren...'

'Hoe lang?'

Hanno haalde zijn schouders op.
'We hebben er elf maanden over gedaan om tot hier te varen. Je moet minstens evenveel tijd voorzien om de Middellandse Zee te bereiken, als de wind gunstig zit. En over een maand loopt mijn contract met de farao af... Ik weet niet hoe de vizier dat zal opnemen.'
'Ik beloof je dat ik hem alles zal uitleggen en hem een passende vergoeding zal vragen voor jou en je bemanning. Is dat redelijk?'
Hanno knikte.
'Maar we zitten met een veel groter probleem', ging Smenkes verder.
'En dat is?'
'De voorraden zijn op. Zonder bier en brood houden de mannen het geen jaar meer uit. Ik kan ze niet in leven houden met geroosterde wormen en brak water.'
'Misschien leven hier in de buurt wel mensen die ons gerst willen verkopen of andere vruchten die we kunnen opslaan en meenemen.'
'Misschien. Dat zal de volgende dagen wel blijken.'
Smenkes stond op.
'Blijven jullie op het schip of bouwen jullie ook hutten op het strand?' vroeg hij.
'Ik denk dat we voorlopig op het schip blijven', antwoordde Hanno. 'Mijn mannen slapen liever in hangmatten dan op zand.'
'Zoals je wilt. Ik ga de omgeving verkennen.'
Smenkes sprong in het water en waadde naar het strand. Hij liep een eindje de bergflank op en keek hijgend uit over de baai. Hij voelde de warme herfstzon op zijn gezicht. Een frisse bries blies zijn kleren droog. Onbekende planten en struiken groeiden weelderig vanaf het strand tot op de flank van de Tafelberg. De zon toverde duizenden sterren op het deinende water van de baai. Zo'n mooie plek had hij nog maar zelden gezien. Vergeleken met dit paradijs was Egypte een godvergeten zandbak waar een straaltje water doorheen liep. Hij begreep niet waarom de priesters de go-

den dankten. Als de Egyptenaren toch hun lievelingsvolk waren, waarom hadden die goden hun dan geen vruchtbaarder en aangenamer land cadeau gedaan om in te wonen? Hij had streken gezien waar het zo warm en vochtig was – zonder overstromingen! – dat er drie oogsten per jaar mogelijk waren. Hij had bergen gezien die overvloedig met bomen en struiken begroeid waren. Elk zaadje dat geplant werd, begon meteen te kiemen en knalde als een plantje uit de grond. Neen, de Egyptenaren stonden duidelijk achter in de rij toen de vruchtbare gronden door de goden werden uitgedeeld. Maar hier, aan de voet van de Tafelberg, zou hij kunnen wonen als hij Neftis, Memi en de nieuwe baby bij zich had gehad en de vizier hem niet de opdracht had gegeven de expeditie tot een goed einde te brengen. Hij bukte zich, nam een handvol aarde op en verkruimelde de grond tussen zijn vingers. Dat had hij lang geleden zijn vader zien doen toen de zaaitijd begon, om te voelen of de grond smeuïg was. Volgens hem was de grond vruchtbaar en vochtig genoeg om planten te laten groeien. Was het dan niet mogelijk hier bonen, kikkererwten en gerst te zaaien en te oogsten? Eerst zette hij die gedachte van zich af omdat zaaien en oogsten minstens vier maanden vertraging betekenden, maar als hij er dieper over nadacht, leek het de beste beslissing om het bevoorradingsprobleem op te lossen. Zo konden ze allemaal weer op adem komen en na de oogst met een vol ruim naar huis vertrekken. Hij knikte goedkeurend en liep terug naar het strand.

'Ahmose!'

Meteen kwam de officier aanlopen.

'Ik denk dat we hier langer zullen blijven dan ik eerst van plan was', zei hij. 'Zie jij ook hoe vruchtbaar de grond is?'

'Euh, ja...' aarzelde Ahmose. Hij kwam uit een landbouwersgezin, maar omdat hij liever geen boer wilde zijn, was hij soldaat geworden. Van hem kon je over landbouw dus weinig leren.

'Zoek twintig soldaten die nog boer zijn geweest. Stel hen vrij van dienst en geef hun de opdracht een stuk land te ontginnen waarop ze gerst kunnen zaaien, kikkererwten en bonen...'

'Hebt u dan zaaigoed, heer?' vroeg Ahmose verwonderd.

'Ik heb in mijn kajuit een *strategische voorraad* bewaard die ik in geval van hongersnood uitgedeeld zou hebben. Die heb ik nu niet meer nodig: we kunnen zaaien en oogsten en met een nieuwe voorraad onze reis verder zetten.'

'Dan moeten we hier wel een paar maanden blijven!'

Dat had Smenkes ook al bedacht.

'Ik vrees dat er niets anders op zit. We vertrekken pas wanneer de oogst is binnengehaald', zei hij beslist. 'Zorg er dus voor dat de hutten groot, stevig en droog genoeg zijn om enkele maanden bewoond te blijven. Laat voor mij een ruime hut optrekken die dag en nacht door twee gewapende mannen bewaakt wordt, want ik wil niet dat mijn gegevens verloren gaan. En stuur er enkele mannen opuit om een bron of een beek met zoet water te vinden. Als we hier willen blijven, zal dat geen luxe zijn.'

Hij draaide zich om en waadde door het water terug naar het schip. Kapitein Hanno was op de voorplecht blijven staan.

'Bouwen we hier een nederzetting?' vroeg hij.

'Ik denk dat het een goed idee is om hier te zaaien en te oogsten,' antwoordde Smenkes, 'anders komen we niet levend in Egypte terug.'

Hanno knikte. Smenkes had zelfs de indruk dat hij de Egyptenaren niet meer zo dom vond als hij dikwijls beweerd had.

's Avonds zaten ze allemaal rond het vuur dat ze op het strand hadden aangelegd. Ahmose had het nieuws al rondverteld dat ze op deze plek zouden zaaien en oogsten en niemand was er rouwig om. Vier maanden later in Egypte terugkeren was duidelijk geen probleem voor de meesten, als ze de beloning maar kregen die hun beloofd was. Hogerop tegen de bergflank stonden de hutten waarin ze de komende weken zouden wonen. Smenkes had zijn papyrussen en al wat belangrijk was naar zijn hut laten overbrengen. Aan vis en vlees was geen gebrek en drinkbaar water stroomde als een beek van de Tafelberg. Alleen gerstebrood en bier moesten ze voorlopig missen, maar dat kon de pret niet bederven. Ze zongen de liederen die in de kroegen aan de Nijl gelald werden en ze droomden van de animeermeisjes die hun daar het hoofd op hol brachten. Het werd zo gezellig rond het vuur dat de mannen bijna vergaten hoe ver ze van huis waren.

In zijn logboek noteerde Smenkes:

*Vijfde dag van de maand Epipi.*[21]

*Vandaag zijn we een baai binnengevaren en de kapitein heeft het schip op het zand laten vastlopen aan de voet van een berg die eruitziet als een reusachtige tafel. De schaduw van de speer op de voorplecht is nog nooit zo lang geweest als hier. Kapitein Hanno meent te weten dat we de zuidelijkste punt van Afrika bereikt hebben omdat hij het water van twee oceanen heeft zien botsen. Er blaast een stevige wind en het is 's avonds te fris om zonder mantel rond te lopen. Ik denk dat we een vuur zullen moeten aanleggen om de koude nachten door te komen. Tot nu toe zijn er geen mensen gesignaleerd. Ik wil van dit oponthoud gebruik maken om de omgeving te verkennen. Deze streek ligt te ver van Egypte om handel mee te drijven, maar misschien zijn hier wel stoffen te vinden die ik naar ons land kan meenemen. Omdat al onze voorraden op zijn en we de laatste weken al geleefd hebben van de jacht, pluk en visvangst, heb ik besloten een stuk land te ontginnen, te zaaien en te wachten op de oogst. Pas als we de gerst hebben binnengehaald, bier gebrouwen en brood gebakken hebben, zullen we verder varen.*

Smenkes liet zijn ganzenveer zakken. Hij besefte wel dat hij door deze beslissing zijn thuiskomst met vier tot vijf maanden had uitgesteld, maar hij zag geen andere mogelijkheid om deze reis rond te krijgen.

---

[21] 1 juni.

*Ik ben nieuwsgierig naar wat er op die Tafelberg te zien is. Een van de volgende dagen trek ik ernaartoe.*

Voor het eerst sinds lang sliep Smenkes een hele nacht door. Hij droomde zelfs dat zijn naam op een zuil gebeiteld stond en dat de mensen zich verdrongen om hem te zien. Hij lag 's morgens nog na te genieten toen hij iemand aan de afsluiting van zijn hut hoorde frunniken.

'Is er iets?' riep hij.

'Ahmose stuurt mij om u te halen, heer. We hebben bezoekers.'

Smenkes sprong overeind. Wie of wat die bezoekers waren wist hij niet, maar hij wilde absoluut vermijden dat het weer uit de hand zou lopen. Hij trok een schone lendendoek aan, gooide zijn mantel over zijn schouders en nam de bronzen scepter mee die hij van de farao had gekregen. Achter de soldaat liep hij naar de plaats waar het vuur had gebrand. Daar stonden zijn soldaten samengetroept. Toen hij aankwam, opende de kring zich. Vijf zwarte, magere mannen, allemaal naakt en met weelderig kroeshaar, stonden glimlachend tussen zijn soldaten. Smenkes bleef staan, boog even zijn hoofd en glimlachte terug.

'Farao Necho van Egypte stuurt u zijn vriendschappelijke groet', zei hij plechtig.

Niet-begrijpend keken de vijf mannen elkaar aan. Tegelijk staarden ze met open mond naar Smenkes en zijn soldaten, alsof ze kermisattracties waren. Een van hen kwam dichterbij en wreef met zijn hand over de arm van Smenkes. Een andere raakte zijn borst aan en keek toen naar zijn vingertoppen.

'Ze hebben nog nooit een blanke man gezien', zei Ahmose. 'Ze kunnen niet geloven dat wij wit zijn. Ze wrijven over uw huid om te zien of de witte verf er niet af gaat.'

Smenkes stak zijn scepter onder zijn arm, wreef over zijn gezicht en armen en ging met uitgestoken handen op de mannen toe. Allemaal wreven ze over zijn handen om te constateren dat er geen verf op zat. Tegelijk begonnen ze met klakkende geluiden tegen elkaar en tegen Smenkes te praten. Toen die niet antwoordde, begonnen ze het hem nog een keer uit te leggen, maar hoe Smenkes ook zijn best deed, hij snapte geen jota van de klakkende geluiden die zijn bezoekers uitbrachten en uit hun gebaren kon hij ook niet opmaken wat ze bedoelden. Misschien was het wel een goed idee om hen uit te nodigen met hem te eten. Dus bracht hij zijn rechterhand naar zijn mond en beduidde hen met een handgebaar met hem op de grond te gaan zitten, te midden van de nieuwsgierige soldaten.

'Ahmose, is er nog een stuk vlees van gisteren over?' vroeg hij.

De officier gaf zijn bevelen en even later bracht een soldaat een schotel waarop stukken vlees en botjes lagen. Smenkes gebaarde dat ze zich mochten bedienen. Zonder aarzelen namen de mannen een stuk vlees en begonnen er smakelijk en luidruchtig aan te knabbelen. Smenkes deed hetzelfde. Ondertussen hielden de zwarte mannen niet op met praten, alsof Smenkes alles begreep en deelnam aan hun conversatie. Pas toen ze een tweede stuk vlees hadden opgegeten stonden ze op, klopten Smenkes op de schouder en hielden langdurig zijn hand vast voor ze de heuvels inliepen.

'Rare jongens', zei Ahmose toen ze uit het zicht verdwenen waren.

'Maar wel vriendelijk', voegde Smenkes eraan toe.

'Is er een dorp in de buurt?'

'Wij hebben er geen gezien.'

'Stuur vandaag enkele verkenners uit om te zien waar ze wonen en hoe ze leven. Misschien hebben ze wel iets dat ons interesseert.' En veel luider zodat iedereen het kon horen, ging hij door: 'Deze mensen zijn ongewapend en in vriendschap naar ons toe gekomen. Niemand mag een vinger naar hen uitsteken. Ik wil de komende maanden in harmonie met hen samenleven. Vooral de jagers moeten dubbel voorzichtig zijn en hun pijlen enkel afschieten op duidelijke prooien. En de soldaat die erin slaagt snel hun taal te leren en als tolk op te treden, krijgt van mij een goudstuk. Ingerukt!'

Veel animo was er niet om de taal te leren, maar Smenkes was ervan overtuigd dat het goudstuk wel iemand op het idee zou brengen om zijn kans te wagen. Zelf liep hij terug naar zijn hut. Sneller dan verwacht was hij opgestaan, vlugger dan voorzien had hij zijn ontbijt genomen. Naar Egyptische gewoonte moest hij zich nog grondig wassen, de stoppels van zijn hoofdhaar afscheren en zijn kleren op vlekken controleren. Het paste niet dat een hoogwaardigheidsbekleder met vuile kleren rondliep. Hij maakte een bundeltje van zijn wasgoed en legde het bij de uitgang van zijn hut. Zijn persoonlijke lijfwachten zouden er wel voor zorgen dat zijn kleren vanavond gewassen en netjes opgevouwen in zijn hut lagen.

Terwijl hij met een stokje zijn tanden verzorgde, stelde hij een lijstje op van de dingen die hij vandaag te doen had. Controleren of de boerensoldaten al bezig waren een akker klaar te maken om te zaaien. Een kaart schetsen van de baai en daar de Tafelberg bij tekenen, want dat was een duidelijk herkenningspunt voor toekomstige zeevaarders. Een inventaris opmaken van de stalen en goederen die hij tot nu toe had meegenomen en een tweede lijst van de goederen die hij nog graag wilde inslaan. Op een lijst noteren wat er overbleef van de goederen die hij uit Egypte had meegebracht. Als dat gedaan was, wilde hij een tocht maken in de omgeving, misschien zelfs een eindje de Tafelberg opklimmen. Hij was ervan overtuigd dat hij van daarboven een prachtig panorama had en dat wilde hij niet missen.

Met een vel papyrus op een schrijfplankje ging hij in het zand zitten om een schets te maken van de baai en de Tafelberg op de achtergrond. Een kunstwerk werd het niet, maar met een beetje goede wil en fantasie konden toekomstige zeelui de plaats zeker terugvinden. Daarna begon hij alles te noteren wat hij uit zijn kajuit op het schip had laten halen. Zoveel van dit, zoveel van dat. Ontevreden was hij niet, want hij had al een hele verzameling potjes, flesjes en goud om zelfs een vizier tevreden te stellen. Iets om de vizier of de farao achterover te doen vallen van verbazing zat er echter nog niet tussen. Zijn tien zakken kaneel maakten veel goed, maar hij hoopte toch dat hij nog andere en spectaculairdere dingen mee naar huis kon nemen. Hij bedacht dat het niet onverstandig was een speciaal geschenk te voorzien voor de vizier en de farao. Dat zou zijn carrière zeker ten goede komen. Een reuzegroot beeld misschien of parels of edelstenen die uitbundiger schitterden dan al wat er in Egypte te vinden was. Tot nu toe had hij zulke edelstenen niet gezien, maar de reis was pas halfweg. En van de rollen stof en prullaria die hij als relatiegeschenken had meegenomen, was nog niet de helft uitgedeeld. De zak goud- en zilverstukken was vrijwel onaangeroerd.

Toen Smenkes klaar was met zijn schrijfwerk, stond hij op en tuurde over de baai. Tientallen waterhonden doken op, gingen weer kopje-onder en lagen overal in de baai behaaglijk van de zon te genieten. Enkele van zijn soldaten hadden netten uitgegooid om een avondmaal bij elkaar te vissen. De Feniciërs waren na hun offer naar het schip teruggekeerd en maakten geen aanstalten om van boord te komen en hutten te bouwen. Smenkes begreep niet wat er plezierig aan was op een dobberend schip te blijven als dat niet hoefde, maar ze moesten maar doen wat ze niet laten konden. Toen hij de baai de rug toekeerde en naar de zachte helling van de Tafelberg keek, zag hij zijn mannen met hun handen een stuk grond ontginnen. De struiken die ze uitrukten, gooiden ze op een grote hoop die ze vanavond in brand zouden steken om eromheen te zitten.

Smenkes vond dat alles naar wens evolueerde en dat zijn mannen hem wel een dagje konden missen. Hij wilde absoluut de Tafelberg beklimmen. Als dat dan toch de tafel van de goden was, moest daar iets te vinden zijn dat naar de goden verwees, de kruimels van hun tafel misschien...

## 9

*Vijftiende dag van de maand Epipi.*[22]

*Het zaaiwerk is achter de rug en een malse regenbui heeft onze akkers vochtig genoeg gemaakt om de zaden te doen ontkiemen. De soldaten hebben zoveel vrije tijd dat velen van hen dagelijks enkele uren zwemmen, lopen, worstelen of boogschieten om in conditie te blijven. De tien maanden op zee hebben hun spieren geen goed gedaan. Ik heb al enkele keren meegedaan omdat ik niet wil achterblijven, maar ik moet toegeven dat mijn conditie minder goed is dan die van de soldaten.*

*De jagers hebben mij verzekerd dat de streek rijk is aan eetbare wilde dieren, maar dat er ook leeuwen en luipaarden voorkomen en dat er alleen opuit trekken uiterst gevaarlijk is.*

*Eergisteren zijn de plaatselijke bewoners weer eens langs geweest. Deze keer niet alleen de mannen, maar ook de vrouwen en de kinderen. Om zich te beschermen tegen de kilte van de avond hadden ze zwarte mantels over hun schouders gegooid. Onze verkenners hebben ondertussen ontdekt dat het vreedzame mensen zijn die in kleine groepen samenleven en hun wapens alleen gebruiken om te jagen. Koningen of prinsen aan wie ze belastingen moeten betalen en aan wie ze verantwoording moeten afleggen, hebben ze niet. Tempels en priesters die rijk worden van de eredienst evenmin. De hutten die ze bouwen zijn gemaakt van takken en gras en dienen alleen om in te slapen. Ze hebben geen velden en geen vee en ze leven van wat ze plukken en jagen. Langer dan een maand blijven ze meestal niet op dezelfde plaats en dan trekken ze enkele riviermaten verder, maar altijd blijven ze in de buurt van de baai omdat ze zeehondenjagers zijn.*

*Als geschenk hadden ze twee zeehonden meegebracht die ze met speren, waaraan weerhaken zitten, hadden gevangen. Hier ter*

[22] 10 juni.

*plaatse hebben ze de honden gevild. Het vlees hebben ze boven het vuur geroosterd en uitgedeeld. Het was lekker, maar ik kan de smaak met niets vergelijken dat ik al gegeten heb. Van de pelsen hebben ze met scherpe, platte stenen het vet afgeschraapt. De huid die uiteindelijk overbleef, hebben ze over de schouders van mij en Ahmose gehangen. De ongelooide huiden van de zeehonden dragen zij als mantels en ik moet toegeven dat ze geen zuchtje wind doorlaten en het lichaam heerlijk warm houden. Met veel belangstelling hebben de vissers en de jagers de speren met de weerhaken bestudeerd, want er zijn heel wat jongens die belangstelling hebben voor een warme winterjas.*

*In ruil voor al die vriendelijkheid heb ik hun vijftien el linnen meegegeven, waar ze heel blij mee waren. Hun klakkende geluiden hielden niet op voor ze het allemaal bekeken en goedgekeurd hadden.*

*Twee soldaten die onder de indruk waren van de schoonheid van de zwarte meisjes hebben gevraagd of ze met de groep mochten meetrekken 'om de taal te leren'! Ik heb het toegestaan op voorwaarde dat ze niemand kwaad zouden doen en dat ze over een paar dagen zouden vertellen of er in het land iets te vinden is dat interessant is voor ons.*

*Vandaag trek ik met vijf lijfwachten de Tafelberg op. Ik heb bij de zwarte mannen inlichtingen proberen in te winnen over de berg, maar meer dan hun hoofd schudden deden ze niet. Ik heb Ahmose de leiding van de expeditie toevertrouwd zolang ik afwezig ben. Hanno heeft mij de tocht afgeraden. Hij zegt dat hij niet gelooft in de verhalen over Baäl, maar hij is er toch niet helemaal gerust op. Volgens hem is het beter de goden niet uit te dagen, zelfs als je er niet in gelooft. Ik heb hem bedankt voor zijn goede raad, maar ik ga er toch geen rekening mee houden. Mijn nieuwsgierigheid is groter dan mijn geloof in de goden...*

Smenkes borg zijn ganzenveer en zijn papyrusrol op en kwam overeind. De ochtendkilte was door de zon al verdreven, maar hij vond het toch veilig de zeehondenmantel mee te nemen. De kans bestond dat ze de nacht op de Tafelberg moesten doorbrengen en het kon weleens koud zijn daarboven.

'Zijn jullie klaar?' vroeg hij.

De vijf mannen die hem voor zijn hut opwachtten, knikten.

'Proviand meegenomen?'

Een soldaat knikte.

'Genoeg water voor twee dagen?'

De soldaat knikte opnieuw.

'Dan vertrekken we.'

Smenkes wist van zichzelf dat hij geen bergbeklimmer was, maar als hoogste in rang kon hij het zich niet veroorloven zijn minderen te laten voorgaan. Gisteren had hij met Ahmose de bergflank bekeken en zijn officier had hem de raad gegeven niet de Tafelberg te beklimmen maar de kegelvormige berg ernaast en vandaar de overstap te maken. Liever een riviermaat meer lopen dan een te steile helling nemen. Daarbij schatte Ahmose dat de berg niet hoger was dan een halve riviermaat.[23]

Resoluut nam Smenkes de leiding. In zijn rechterhand droeg hij een speer, die tevens als wandelstok dienstdeed en waarmee hij zich eventueel tegen slangen kon beschermen, maar de bagage en de knotsen werden door zijn vijf lijfwachten gedragen. Tussen de lage struiken liep hij de helling op. Langzaamaan verdwenen de struiken en bleef er alleen een lage begroeiing over tussen de kale rotsen. Smenkes kreeg het zwaar. De zon scheen ongenadig op zijn kale schedel en het zuchtje wind bood nauwelijks enige afkoeling. Ook de soldaten achter hem moesten hun reserves aanspreken, maar ze recupereerden sneller dan hij. Hij zag hoogrood van de inspanning, maar hij wilde als eerste verder trekken en op de Tafelberg aankomen.

De zon was al over haar hoogste punt heen toen ze op de brug tussen de kegelberg en de Tafelberg aankwamen. Van daaruit was het een korte, steile klim van tweehonderd el om het tafelblad te

[23] De Tafelberg is 1087 meter hoog.

bereiken. Smenkes was gaan zitten om op adem te komen. Hij keek uit over de baai met daarin het eiland dat vol zeehonden zat. Het schip lag vlak bij de kust en op het strand zag hij een donkere vlek, de stookplaats waar zijn mannen elke avond een vuur aanlegden.

Toen voelde hij een steentje tegen zijn slaap. Verstoord en nieuwsgierig keek hij omhoog.

'Heer, daar zit iets of iemand', fluisterde een soldaat.

Tegelijk rolde er een tweede, dikkere steen naar beneden. De mannen gingen zo dicht mogelijk bij de rotsen staan om zich tegen de vallende stenen te beschermen. Toen het even stil was, zette Smenkes een stap vooruit en keek naar boven. Nog voor hij iets gezien had, viel er een regen van steentjes naar beneden. Smenkes kon zich niet snel genoeg wegtrekken en kreeg de steentjes op zijn hoofd en schouders. Veel pijn deed dat niet, maar aangenaam was het allerminst.

'Gaat het, heer?' vroeg een van de soldaten.

Smenkes knikte. Razendsnel dacht hij na. Dat Baäl op zijn tafel met stenen stond te gooien was al te belachelijk. Er moesten mensen of andere wezens wonen die hen liever niet boven zagen komen. Wie had er belang bij dat hij niet op de Tafelberg kwam? De Feniciërs die de berg voor een heilige plaats hielden? De zwarte bewoners van dit land die iets te verbergen hadden? Of was er nog een derde speler die ze tot nu toe niet gezien hadden?

'Wat doen we, heer?' vroeg een soldaat.

'Ik wil weten wie ons met stenen bekogelt', antwoordde Smenkes. 'Jullie blijven hier terwijl ik op verkenning ga.'

'Geen sprake van, heer', reageerde de soldaat onmiddellijk. 'Ahmose heeft ons de opdracht gegeven u te beschermen. Als hij hoort dat wij u alleen op verkenning hebben laten gaan, krijgen we dertig zweepslagen en een hongerrantsoen de komende veertien dagen. Als u op verkenning gaat, trekken we allemaal met u mee. Dat is onze opdracht.'

Daar kon Smenkes begrip voor opbrengen.

'Goed dan', zei hij. 'Dan volgen jullie me maar.'

Hij maakte aanstalten om als eerste naar boven te klimmen, maar twee soldaten hielden hem tegen om hem voor te gaan. In plaats van recht omhoog te klauteren, liepen ze een eindje door naar het westen om de Tafelberg langs de achterkant te beklimmen. Een paar ogenblikken bleef alles rustig boven, maar toen hoorden ze gebrul en een nieuwe stenenregen die hen beschutting deed zoeken.

'Heer, behaarde mensen! Mogen we schieten?'

Nog voor Smenkes kon antwoorden zagen ze grote behaarde wezens brullend de berg afspringen, van rotsblok naar rotsblok. Tegelijk gooiden ze stenen en schudden met hun kop om hen duidelijk te maken dat ze moesten opkrassen. De vijf Egyptenaren hadden een kring gevormd rond Smenkes, hun speren uitgestoken om de vijand op te vangen. Smenkes besefte echter dat zij met hun zessen niet tegen deze overmacht opkonden. Zelfs als de speren vijf vijanden uitschakelden, waren er nog genoeg anderen om hen te stenigen. Overal waar hij keek, zag hij die behaarde mannen staan of aan de rotsen hangen. Ze waren te talrijk om een confrontatie te riskeren. Daarbij sprongen zij lenig van het ene rotsblok op de andere.

'Strategisch terugtrekken!' schreeuwde Smenkes. 'De Tafelberg is van hen.'

Was het de schreeuw van Smenkes of interpreteerden de behaarde wezens de strategische terugtocht als zwakheid? Nog voor de Egyptenaren zich uit de voeten konden maken, stortten de behaarden zich op hen. In het gevecht dat volgde waren speren en bogen nutteloos. Alleen de knotsen die de mannen hadden meegebracht, konden de vijand tijdelijk op een afstand houden. Zonder wapens in hun handen wierpen de behaarde mannen zich brullend op de Egyptenaren en beten en krabden hen waar ze hen konden vastgrijpen, zowel met hun handen als met hun voeten. Een had zich vanaf een hogere rots op Smenkes gestort en hem voorover doen vallen. Zijn tanden had hij in de nek van zijn slachtoffer gezet en met de nagels van zijn handen en zijn voeten had hij de huid van de Egyptenaar opengereten. Smenkes schreeuwde het uit van de pijn. Met een goed gemikte slag verbrijzelde een soldaat de kop van de aanvaller, die zijn prooi losliet en van de berg naar beneden tuimelde.

'We moeten hier weg!' schreeuwde een soldaat.

Zonder om toestemming te vragen nam hij de bloedende Smenkes in zijn armen en liet zich naar beneden glijden. Alles was beter dan doodgebeten te worden. De vier anderen sloegen de vijanden van zich af en rolden naar beneden onder een laatste stenenregen. Pas tweehonderd el lager probeerden ze het naar beneden rollen af te remmen door een rots of een lage struik te grijpen en zo tot stilstand te komen. Smenkes probeerde als eerste overeind te komen. Het was allemaal zo snel gegaan dat hij nauwelijks besefte wat er gebeurd was. Alles deed hem pijn, want hij was met een soldaat naar beneden gerold, het bloed liep over zijn huid naar beneden, maar als expeditieleider moest hij als eerste weer op de been zijn. Hij telde vijf soldaten die kreunend overeind probeerden te komen.

'Heeft iedereen het overleefd?'

Hijgend kropen de mannen dichterbij. Het ongelukkige avontuur had gelukkig geen mensenlevens geëist. Bezorgd keek Smenkes naar boven. Zo te zien waren de behaarde woestelingen hen niet gevolgd, maar hun gebrul was nog duidelijk te horen.

'Allereerst gaan we onze wonden verzorgen', beval Smenkes.

Pas nu werd duidelijk dat ze in het gevecht en in de vlucht alles verloren hadden. Niet alleen hun wapens, ook de mondvoorraad en het water waren ze kwijt. De enige manier om hun wonden te verzorgen was hun lendendoeken in repen te scheuren en daarmee de wonden te verbinden. Hun behaarde aanvallers waren echt wel woest tekeergegaan. Allemaal hadden ze wonden van tanden en nagels die diep in hun vlees waren doorgedrongen. Smenkes was er toch het ergste aan toe. De diepe beet in zijn nek wilde niet stoppen met bloeden en met zijn vlijmscherpe teennagels had zijn aanvaller een stuk van de huid van zijn rug afgescheurd. Smenkes besefte dat hij brute pech had gehad. Zijn vijf mannen hadden hun leven voor hem geriskeerd, maar ze konden ook niet voorzien dat een aanvaller boven op hem zou springen. Zo goed en zo kwaad als het ging, legde een soldaat een stevig verband aan rond de hals en de nek van Smenkes en een even stevig verband rond zijn borst om de afgescheurde huid weer op haar plaats te drukken. In tegenstelling met wat hij verwacht had, verminderde de pijn niet, maar begon helser aan hem te knagen. Bij het naar beneden rollen was hij honderd keer ergens tegenaan gebotst en al die kleine wonden samen maakten de pijn ondraaglijk. Daarbij voelde hij zich onwel en duizelig. Hij wilde nog opstaan en zijn soldaten voorgaan naar beneden, maar dat kon hij niet meer. Hij viel voorover, rolde naar beneden en bleef onbeweeglijk tussen de eerste struiken liggen. Hij had nog de moed om op te staan, maar zijn armen en benen gehoorzaamden niet meer, zelfs zijn ogen draaiden in hun kassen en stuurden nog enkel wazige beelden door.

'Heer, gaat het?' hoorde hij vragen. Hij zag niet meer wie de vraagsteller was.

'Snel, we moeten hem naar het kamp brengen!'

Smenkes voelde wel dat hij werd opgetild en door sterke armen naar beneden werd gedragen. Hij voelde dat hij werd doorgegeven aan een andere soldaat, die fitter was dan de eerste. Hij vond het gesol wel vervelend, maar toch was hij blij dat hij niet zelf naar beneden hoefde te lopen.

'Gaat het, heer?' herhaalde een soldaat bezorgd.

Smenkes begreep niet meer waar die bezorgdheid goed voor was. Hij was een beetje ijl in zijn hoofd, maar voor het overige was er niets aan de hand. Toen begon het te schemeren voor zijn ogen, het werd alsmaar donkerder, alsof de avond viel...

Dagenlang vocht Smenkes voor zijn leven. Hij had zoveel bloed verloren dat hij eruitzag als een lijk. De wonden in zijn nek en op zijn rug waren ontstoken en veroorzaakten gloeiende koorts. Meestal sliep hij onrustig en als hij wakker was, ijlde hij en wilde meteen opstaan en verder varen. De officier had een soldaat naast zijn bed geposteerd om hem voortdurend in de gaten te houden en te waarschuwen als het verkeerd liep. Ahmose vond het jammer dat ze voor deze expeditie geen genezer hadden meegebracht. Behalve de bekende soldatenremedies kende hij ook niets van de geneeskunst en hij wist ook niet hoe hij beten van behaarde wezens moest behandelen. De vijf soldaten die met Smenkes mee waren getrokken hadden ook minder diepe beten gekregen en zij waren er na een paar dagen al van hersteld. Maar goed ook, want Ahmose had hen tien zweepslagen laten geven omdat ze hun bewakingsopdracht slecht hadden uitgevoerd. Ten einde raad had Ahmose de zwarte mannen te hulp geroepen. Zij bewoonden dit land. Misschien hadden zij wel een geneesmiddel tegen de vreselijke beten. Een oude medicijnman had een kruidenpap op de wonden gelegd en Smenkes met bladeren en grassen ingepakt. Aan een jong meisje had hij de opdracht gegeven bij Smenkes onder de zeehondenhuiden te kruipen, hem warm te houden en hem een aftreksel van bittere wortels te laten drinken. Zelf was hij voor de hut van Smenkes blijven zitten en op geregelde tijdstippen had hij het kruidenmengsel ververst. Ahmose wist niet of de therapie iets uithaalde, maar hij zag wel dat het gezicht van Smenkes minder gloeide en dat hij rustiger begon te ademen. Pas toen Smenkes zijn ogen opende en zijn officier herkende, wist Ahmose dat hij aan de beterhand was. Tegelijk besefte hij dat het zeker nog drie maanden zou duren voor zijn baas weer helemaal de oude was. Dat was de tijd die soldaten die in een veldslag gewond raakten nodig hadden om weer gevechtsklaar te zijn.

'Gaat het, heer?' vroeg Ahmose.

Smenkes knikte flauwtjes.

'Wat is er gebeurd?' vroeg hij.

Ahmose wist niet of hij zijn baas nu al alles moest vertellen. Misschien was het beter hem te laten rusten en hem later te vertellen wat hij van de vijf soldaten had gehoord. Voor hij een beslissing had genomen, was Smenkes alweer in slaap gevallen.

*Vijftiende dag van de maand Hethara.*[24]

*Het is al een hele tijd geleden dat ik mijn logboek nog heb ingevuld. In Egypte is dit het seizoen van de overstromingen en vaak blaast er een gure noordenwind, maar hier wordt het steeds warmer. Struiken en planten rond de baai staan overdadig in bloei zoals bij ons in de maand Parmuti.*

*Spectaculaire dingen zijn er tijdens mijn ziekte niet gebeurd. De mannen hebben zeehonden leren vangen zodat iedereen weer een warme mantel heeft. De monsters met hun enorme staarten die sommigen eerder al gezien hadden, blijken zwemmende zoogdieren te zijn. Op een morgen was er een op het strand aangespoeld die niet terug naar zee kon en toen hebben de mannen gezien dat zo'n dier tepels heeft waaruit melk vloeit. De enorme hoeveelheid vlees had de smaak van rund en werd door de mannen gulzig opgegeten. Als ze de kans krijgen, willen ze de zee opgaan om nog zo'n dier te vangen, ondanks de enorme staart. De fonteinen die uit het water opstegen, zijn ook van deze dieren afkomstig.*

*Vandaag voel ik me weer fit genoeg om te schrijven en de dingen op een rijtje te zetten en ik herinner mij nu ook wat er precies gebeurd is. Mijn uitstap naar de Tafelberg is op een catastrofe geëindigd. Behaarde mannen die op de berg wonen, hebben ons al bijtend en krabbend teruggedreven. De soldaten die bij de zwarte mensen zijn gaan wonen om de taal te leren, beweren dat het geen mensen zijn, maar grote apen die op de Tafelberg wonen en dat als hun territorium beschouwen waar niemand anders wordt toegelaten. Ze leven van vruchten, noten, bladeren, eieren die ze uit de nesten roven, zaden en kleine dieren die ze kunnen vangen en rauw opeten. Ze spreken geen taal en ze hebben geen wapens of gereedschap waarmee ze hutten bouwen. Soms breken ze takken van de struiken waarmee ze op de grond slaan om hun tegenstanders te verjagen. Wanneer het donker wordt, verzamelen ze bladeren en grassen en maken daar-*

[24] 14 oktober.

*mee een soort bed waarop ze slapen. Ze bemoeien zich niet met de mensen tenzij die hun woongebied willen binnendringen.*

*Kapitein Hanno en zijn mannen hadden een heel andere verklaring voor mijn ongeval. Volgens hen zijn de behaarde mensen de bewakers van de tafel van Baäl. Omdat de god niet gestoord wil worden bij zijn maaltijd heeft hij een speciale mensensoort geschapen om nieuwsgierigen op een afstand te houden. Geen gewone mensen, maar wezens die er zo afschrikwekkend uitzien en zo gevaarlijk zijn dat ze mens en dier weg kunnen houden. Ik mag nog van geluk spreken dat ik er met beten en een opengekrabde huid van af ben gekomen, want meestal laat de god niet met zich spotten. Ik geloof niet in Baäl, maar ik geef toe dat ik geluk heb gehad. En dat 'geluk' waren de zwarte tovenaar en het meisje die mij verzorgd hebben en die met hun kruidenmengsels het vuur uit mijn wonden hebben gezogen. Zonder hen had ik het niet overleefd en zou mijn naam al in het dodenboek staan. Ik denk dat de goden mijn leven hebben gespaard omdat ik deze expeditie moet afmaken voor Egypte, om het land rijker, groter en sterker te maken. En als ik, mijn vrouw en kinderen daar beter van worden, dan is dat meegenomen. Toch heb ik geen haast meer om naar Egypte terug te keren. Zelfs als de reis nog een jaar duurt, wil ik ze afwerken zoals ik aan de vizier beloofd heb.*

*Ik heb gehoord dat Ahmose mijn vijf begeleiders gestraft heeft omdat zij mij niet heelhuids teruggebracht hebben. Ik heb hem ervan overtuigd dat ze alles gedaan hebben om mijn leven te redden en dat ze een zilverstuk verdiend hebben voor de moed die ze getoond hebben en om de afschuwelijke zweepslagen te vergeten. Ahmose vindt dat geen goed idee. Je mag de soldaten nooit de indruk geven dat hun officier zich vergist heeft. Dat ondermijnt zijn gezag. Als ik die jongens wil belonen, moet ik dat maar in Egypte doen, vindt Ahmose.*

*Ik heb de groei van de gewassen op de velden kunnen volgen. Binnen veertien dagen kunnen we oogsten. De bonen, de erwten, de uien en het knoflook groeien fantastisch, ze gedijen beter dan in Egypte, maar de halmen van de gerst lijden onder de wind, die hier hevig kan waaien, zodat de gerstvelden er plat bij liggen. Ik vrees dat de opbrengst maar de helft zal zijn van wat we in Egypte in een goed jaar mogen verwachten. Normaal zou ik mij daar zorgen over maken, maar de bewoners van dit land hebben ons zaden aangeboden van planten die hier veelvuldig in het wild groeien en die zij sorghum noemen en waarmee ze bier brouwen en platte broden bakken. Het bier is lekker en verschilt in smaak weinig van het gerstebier dat wij brouwen, maar het sorghumbrood is klef en meteen als het afgekoeld is, wordt het hard. In ruil voor witte linnen stoffen willen ze zoveel sorghum leveren als we nodig hebben om de komende tien maanden verder te reizen.*

*De twee soldaten die met de zwarte mensen waren meegegaan om de taal te leren, hebben dat zo goed gedaan dat ze gevraagd hebben om hier te mogen blijven. Ze hebben allebei een meisje leren kennen met wie ze verder willen leven. Volgens hen is het leven hier beter dan in Egypte. Het land is vruchtbaarder en de mensen leven vrijer, zonder de tirannie van farao's en priesters. Eerst was ik boos en wilde ik hen straffen met dertig zweepslagen, maar uiteindelijk heb ik hun de toestemming gegeven hier te blijven. Misschien hebben ze wel gelijk. Als ik in Egypte geen vrouw en kinderen had achtergelaten, was ik waarschijnlijk ook bij het meisje gebleven dat mij verzorgd heeft. Als dank hebben de twee soldaten mij een handvol kleurloze schitterende steentjes gegeven die de zwarte mensen uit de rivieren halen en die zo hard zijn dat ze enkel door andere steentjes kunnen worden gepolijst. Volgens Hanno zijn het kleine edelstenen. Grotere exemplaren vind je alleen in konings- en keizerskronen. Hij deed alsof die kleine edelstenen hem niet interesseerden, maar de glans in zijn ogen sprak een heel andere taal. Langs zijn neus weg probeerde hij van mij te vernemen in welke rivieren die steentjes te vinden waren, maar ik heb hem met een schouderophalen wandelen gestuurd. Dat is voor mij het beste bewijs dat deze steentjes inderdaad kostbaar zijn. Misschien is het een goed idee enkele van de steentjes in een gouden ring te laten zetten en die aan de farao aan te bieden.*

*Samenvattend zou ik zeggen: hier is niets dat de lange reis de moeite waard maakt, maar de baai aan de voet van de Tafelberg is een uitstekende plaats om op adem te komen, met veel vis en vlees en de mogelijkheid om te zaaien en te oogsten.*

*Kapitein Hanno denkt dat de wind uit het zuiden weldra krachtig genoeg zal waaien om naar het noorden te varen.*

# 10

'Roeiers op de banken! Anker optrekken!'

Met zware regelmatige slagen begon de trommelaar het tempo aan te geven. Langzaam gleed het schip weg van het strand, waar de twee Egyptenaren die wilden blijven en een grote familie zwarte mensen stonden te wuiven. De kleine nederzetting die de manschappen vijf maanden geleden hadden gebouwd, was uitgegroeid tot een dorp met een centrale stookplaats en een muur om de wilde dieren buiten te houden. Toen ze bij het eiland van de zeehonden gekomen waren, was de nederzetting niet meer dan enkele stippen waar de Tafelberg hoog bovenuit torende.

Smenkes stond naast Hanno op de voorplecht. Behalve de littekens had hij niets aan zijn ongeval overgehouden en hij had de leiding van de expeditie weer van Ahmose overgenomen. Hij had de voorraden gecontroleerd en alles ordelijk in het ruim laten opstapelen. Zijn persoonlijke lijfwachten hadden zijn papyrusrollen en al wat hij tot nu verzameld had naar zijn kajuit teruggebracht.

'Blij dat we vertrekken?' vroeg Hanno.

Smenkes knikte, maar niet van harte. Natuurlijk wilde hij graag naar Egypte terugkeren, maar hij had hier toch ook een stukje van zijn hart verloren. Het zwarte meisje dat hem verzorgd had, was ook geen vreemde voor hem gebleven. Ze had de plaats van zijn vrouw niet ingenomen en hij wilde voor haar zeker niet hier blijven, maar helemaal koud liet het meisje hem niet. Daarbij zag hij op tegen de lange thuisreis. Hij sliep nog altijd liever op het zand dan in een hangmat op een stampend en slingerend schip. Als er geen nieuwe hindernissen opdoken en de wind niet uit de verkeerde richting blies en ze niet verplicht zouden zijn opnieuw te zaaien en te oogsten, zou de terugtocht tien tot twaalf maanden duren! Vandaag was het de derde dag van de maand Koiah[25]. Het

[25] 1 november.

zou dus alweer nieuwjaar zijn voor ze de Nijl opvoeren. Wie kon onverdeeld gelukkig aan zo'n tocht beginnen? Ook voor de Feniciers moest het een beproeving zijn.

'En je mannen?' vroeg Smenkes.

'Die willen het liefst zo snel mogelijk naar huis. Ze vinden dat de beloofde beloning niet opweegt tegen de duur van de reis en de risico's die ze genomen hebben.'

Dat liedje had Smenkes nog gehoord. Het was duidelijk dat de Feniciërs in Egypte hemel en aarde zouden bewegen om een hogere beloning te krijgen dan was afgesproken.

'Ik wil ook voor je mannen een goed woordje doen', zei Smenkes. 'De vizier zal wel niet krenterig zijn als hij alles gezien heeft wat we mee hebben gebracht. Misschien krijgen jullie wel een nieuw contract om een olifantenschip te bouwen en deze dieren te gaan ophalen.'

'Misschien...' meesmuilde Hanno.

Hij draaide zich om en liep naar de achtersteven, waar zijn stuurman de roerstok stevig in handen hield. De Feniciërs troepten nog altijd samen op de achtersteven. Zelfs het maandenlange verblijf aan de voet van de Tafelberg had geen vriendschap gebracht tussen de twee groepen. Om te eten moesten de Feniciërs aan land komen, maar de rest van de tijd bleven ze op het schip. Smenkes had wel gemerkt dat ze er ook opuit getrokken waren, sommigen waren dagenlang weggebleven, maar of ze iets waardevols gevonden hadden, was hij niet te weten gekomen.

Zodra ze uit de beschutting van de baai kwamen, voelden ze de koude zuidenwind die het schip fors noordwaarts blies. Meteen was het duidelijk dat roeien geen nut meer had. De wind joeg het schip veel sneller vooruit dan honderd roeiers zouden kunnen.

'Hijs de zeilen! Roeispanen binnenhalen!'

Smenkes zag zijn mannen over het dek lopen en wilde op zijn vertrouwde plaatsje aan de reling gaan zitten. Hij voelde meteen dat hij zijn zeehondenmantel moest halen. Hij liep naar zijn kajuit, sloeg het zeehondenvel over zijn schouders en liep terug naar het dek. Het was een echte zomerdag en de zon verspreidde een aangename warmte, maar de wind die uit het zuiden blies, was koud. Hoe kon dat toch? In Egypte was de zuidenwind warm. De wind uit het noorden was koud omdat hij uit streken kwam waar het water door de grote kou in gladde stenen veranderde. Zelf had hij dat nooit gezien, maar hij had het in de ambtenarenschool geleerd. Zou dat hier ook zo zijn? Was er zuidelijker nog een streek waar het even koud was als in het noorden? Tijdens zijn revalidatie had Smenkes daar diep en langdurig over nagedacht en hij begon steeds meer te twijfelen aan het wereldbeeld dat hij in de ambtenarenschool had geleerd. De aarde was een platte schijf, hadden zijn leermeesters verteld. De zon was een enorme vuurbal die van oost naar west over die schijf schoof en alles verwarmde wat ze op haar weg tegenkwam. Hoe dichter bij de zon, hoe warmer. Sommige streken waren zo ver van de warmtebron verwijderd dat het land en het water niet meer verwarmd werden en het water veranderde in gladde, koude stenen. Tot zover kon Smenkes volgen, maar hoe kwam het dan dat het hier zomer was en in Egypte winter? Waarom waren er op dezelfde plaats warme en koude seizoenen? Waarom blies de koude noordenwind in Egypte niet het hele jaar door? En wanneer de zon in het westen onderging, waar ging ze dan naartoe? Er moest een verbinding bestaan tussen het westen en het oosten. Het was logisch dat de zon een cirkel beschreef rond de aarde, maar dan zou de onderwereld evenveel zonnestralen krijgen als de gewone wereld. Of had die rare leraar Sabri dan toch gelijk? Die beweerde dat de aarde een bol is die rond de zon draait. De andere leraren maakten zich daar vrolijk over. Wanneer Sabri afwezig was, grapten ze dat hij van de aardbol getuimeld was en er met een touwladder opnieuw probeerde op te klimmen. Misschien had Sabri toch gelijk. Maar waarom liepen de rivieren, de zeeën en de oceanen dan niet leeg?

En dan was er nog iets: het verschil tussen hoog en laag water, dat in de Middellandse Zee nauwelijks twee el bedroeg, liep hier op tot acht el. Op een avond hadden ze eens aangelegd dicht bij de kust en midden in de nacht was al het water weggetrokken en stond het schip in het zand. Ze hadden moeten wachten tot het schip weer vlot was geraakt om te kunnen vertrekken. Hoe kwam dat toch? Was er iemand die de aardschijf wiegde zodat het water voortdurend van oost naar west of van noord naar zuid vloeide? Op die vragen moest Smenkes het antwoord schuldig blijven. Er moest nog iets anders zijn dat hij tot nu toe over het hoofd had gezien.

De volgende dagen liep alles zo gesmeerd en de wind blies zo voordelig dat Hanno besloot dieper de zee in te gaan, zo ver dat de kust nog nauwelijks te zien was, en ook 's nachts door te varen. Zonder gevaar was dat niet, maar als ze daardoor sneller vooruitkwamen, wilde Smenkes dat risico wel lopen. Hij wist dat kapitein Hanno niets zou ondernemen dat zijn eigen leven in gevaar bracht. De stemming onder de mannen was zo goed dat ze er het slapen in de hangmatten bij namen.

Pas veertien dagen later waren de watertonnen leeg en was het sorghumbrood zo taai dat je er sandalen van kon maken.

'Varen we naar de kust?' vroeg Smenkes.

Kapitein Hanno knikte. Naast elkaar stonden ze op de voorplecht terwijl het schip langzaam in de richting van de kust draaide. Van ver hadden ze het al gezien, maar hoe dichter ze kwamen, hoe duidelijker het werd: ze stevenden af op zandduinen. Zo ver ze konden kijken aan stuur- en bakboord was er niets anders te zien dan zand en duinen.

'Naderen we de kust van Egypte?' vroeg Smenkes verbaasd.

Hanno antwoordde niet. Hij wilde niets liever dan dat dit Egypte was, maar het was aardrijkskundig niet mogelijk. Ze waren de zuilen van Hercules nog niet voorbijgevaren, dit was niet de Middellandse Zee. Of was dit toch het zuiden van Egypte en voeren ze op de Ethiopische Zee? Lag hier ergens de andere kant van de Nijl en stroomde het water vanhier naar de Middellandse Zee? Dat kon niet, want dan zou het water van de Nijl zout zijn.

De kapitein liet het anker uitgooien op een veilige afstand zodat het schip niet in het zand vastliep.

'Ahmose, verkenning!'

De officier schreeuwde zijn bevelen. Tien mannen doken in het water en zwommen naar het strand. Achter struiken of bomen kon niemand zich verstoppen want het strand ging zonder enige begroeiing in de duinen over. Struiken waren er niet. Smenkes zag hoe Ahmose en zijn mannen een duin opklauterden en naar het achterland keken. Toen draaiden ze zich om en keerden terug naar het schip.

'Alles in orde?' riep Smenkes.

Ahmose haalde zijn schouders op.

'Woestijn!' riep hij. 'Woestijn zo ver we kunnen kijken. Geen levend wezen te zien. Niet één boom, niet één grashalm. Hier is niets om een vuur aan te maken om brood te bakken of bier te brouwen. Ik vraag me af of we hier zoet water kunnen vinden.'

Smenkes aarzelde. Als hier niets te vinden was, had het geen zin aan te leggen. Ahmose wist meer van woestijnen dan hij.

'Kom dan maar terug!' riep hij. 'We proberen het over een paar riviermijlen nog eens.'

Hanno trok weer een gezicht alsof alles de schuld was van die domme Egyptenaren en schreeuwde zijn bevelen. Langzaam dreven ze langs de kust. Aandachtig staarden ze naar de duinen om te zien of er ergens een teken van leven was, maar behalve de zandduinen was er niets.

'Heer, kijk, een wadi.'

Tussen de duinen in was er iets als de bedding van een rivier. Ahmose kende het fenomeen. Af en toe was er een wolkbreuk boven de woestijn en dan viel er ineens zoveel water dat er zich kolkende rivieren vormden die alles meesleurden: bomen, planten, mensen en dieren die zich niet op tijd uit de voeten hadden gemaakt. Enkele dagen later was de rivier weer opgedroogd en bleef er niets anders over dan een droge bedding. Het klonk lachwekkend, maar in Egypte werd verteld dat het grootste gevaar in de woestijn verdrinking was!

'Als we water willen vinden, hebben we hier de grootste kans', zei Ahmose.

'Kapitein, hier aanleggen!' riep Smenkes.

Voor de tweede keer liet Hanno het anker uitgooien en Ahmose zwom met zijn verkenners naar het strand. Opnieuw liepen ze een duin op om het achterland te inspecteren. Smenkes zag dat ze langer bleven staan en naar iets in de verte tuurden. Toen zwaaiden ze vanaf het duin naar de mannen op het schip.

'Een oase!' hoorde Smenkes.

Hij wachtte niet tot Ahmose terug was en gaf de toestemming om het schip te verlaten. De mannen doken in het water en zwommen tot op het strand. Op de vissers na konden ze niet veel uitrichten zolang ze geen drinkbaar water hadden. Ahmose verzamelde zijn mannen op het strand. Smenkes zag dat hij de taken verdeelde. Voor alle veiligheid zette hij vijf mannen op de uitkijk en vijf worstelaars stuurde hij terug om het schip te bewaken. De vissers mochten meteen aan de slag, maar alle anderen stuurde hij eropuit om water te zoeken. Eén patrouille moest de wadi volgen, een andere moest proberen de oase te bereiken die hij in de verte gezien had. Zijn laatste twee patrouilles stuurde hij de woestijn in om te jagen. Ahmose had lang genoeg in de woestijn gekampeerd om te weten dat daar allerlei eetbaars te vinden was: kleine dieren, bessen en bladeren waar 's morgens enkele druppels water aan hingen, vaak genoeg om niet van de dorst om te komen. Toen zijn mannen vertrokken waren, zwom hij terug naar het schip en ging naast Smenkes op de reling zitten, maar lang konden ze dat niet volhouden. Het was bloedheet en zo dicht bij de kust zorgde de wind nauwelijks voor afkoeling. Zwemmen in het koele oceaanwater was het enige dat de temperatuur draaglijk maakte, maar daarna op een schaduwplekje liggen uitblazen was er niet bij, want er was nergens een schaduwplekje! Hutten bouwen was uitgesloten omdat er geen takken en bladeren ter beschikking waren. Er was niets dan zand!

'Ik denk dat we hier niet langer moeten blijven dan nodig is', zei Smenkes. 'Zodra we een voorraad water hebben voor een paar dagen moeten we maar doorvaren en gastvrijere streken aandoen.'

Ahmose dacht er ook zo over. Maar dat *water vinden* was sneller gezegd dan gedaan. Tegen de avond keerde de ene patrouille na de andere terug, zonder water! Nergens op hun tocht hadden ze een beekje of een bron gevonden. Zelfs geen vochtige plek! Alleen de mannen die op zoek gegaan waren naar de oase, waren nog niet teruggekeerd. Vanaf de voorplecht van het schip stonden Smenkes en Ahmose op de uitkijk tot het zo donker geworden was dat ze het strand niet meer konden zien. Bezorgd waren ze nog niet. De vijf mannen waren getrainde soldaten die zonder problemen de nacht in de woestijn konden doorbrengen.

'Wat doen we?' vroeg Ahmose toen ze ook de volgende avond nog niet waren teruggekeerd. 'Ik vrees dat ze verloren gelopen zijn in de woestijn.'

'Heeft het zin om hen te gaan zoeken?' vroeg Smenkes.

'Ik kan mijn soldaten niet achterlaten', antwoordde Ahmose. 'Als officier ben ik verantwoordelijk voor hen. Als u mij toestaat, trek ik er morgen opuit om hen te zoeken.'

Smenkes besefte wel wat voor risico daaraan verbonden was. Als ook Ahmose niet terugkeerde, was hij zijn officier kwijt, maar anderzijds mocht hij Ahmose niet beletten zijn plicht te doen. Ze spraken af dat de zoektocht niet langer zou duren dan één dag.

Vroeg in de morgen van de volgende dag verzamelde Ahmose vijftien mannen en trok met hen de duinen in. De hele dag bleef Smenkes op de reling zitten. Voor het eerst in deze expeditie wist hij niet meer hoe het verder moest. Vijf verdwenen Egyptenaren was al erg, maar als ze niet snel drinkbaar water vonden, zou het pas een echte ramp worden. Dan zou hij meer dan vijf man verliezen. Mensen konden niet zonder water. Hoe moest hij dit oplossen?

Hij had nog geen oplossing gevonden toen Ahmose en zijn mannen 's avonds terugkeerden. Ze hadden de oase niet bereikt omdat die altijd verder scheen op te schuiven en van de vijf mannen hadden ze geen spoor gevonden.

*Achttiende dag van de maand Tybi.* [26]

*Heel vroeg in de morgen zijn we uitgevaren. Kapitein Hanno heeft het schip weer naar de open zee gestuurd en de wind uit het zuiden blaast ons nog even snel vooruit. De vijf mannen die op zoek waren gegaan naar water zijn niet teruggekeerd. Officier Ahmose heeft eergisteren een zoektocht georganiseerd, maar hij is tegen zonsondergang teruggekeerd zonder zijn mannen gevonden te hebben. Hij was er het hart van in. Op zijn verzoek heb ik hem gisteren een tweede zoektocht laten houden waar bijna de hele bemanning en ook enkele Feniciërs aan deelgenomen hebben, maar ook zij hebben de vermisten niet teruggevonden.*

*Na rijp beraad hebben wij samen besloten dat we deze mannen als 'gesneuveld' moeten beschouwen. Langer dan twee dagen in deze hitte overleven is onmogelijk. Hun namen zijn Pennoet, Kakememihoe, Pepinacht, Hekaïb en Sabni. Ter ere van hen hebben we een rouwklacht aangeheven en de drie volgende dagen zullen we ons niet wassen of scheren. Omdat we hen niet hebben kunnen balsemen of begraven, hebben we de god Anoebis*[27] *gevraagd om de zorg voor de overledenen van ons over te nemen.*

*Ik denk dat dit de meest onherbergzame plaats op aarde is. Hier is geen water. De jagers hebben niets gevangen, de vissers hebben zelfs geen sprot in hun netten gevonden. Omdat we ook geen brood, geen bier en geen zoet water meer in voorraad hebben, heb ik de voedselbedelingen anders moeten organiseren. Dagelijks krijgt iedereen twee maten ongemalen gerst en één ui. Wanneer we aan land gaan en we vinden hout of een andere brandstof, dan koken we kikkererwten in zeewater en daar mogen de mannen twee maten van eten. Toegegeven, je moet al scheel van de honger zien om die brij naar binnen te krijgen, maar wansmakelijke kikkererwten zijn nog altijd beter dan dood te gaan van de honger.*

[26] 16 november.
[27] De beschermer van de doden en de god van de balseming.

*De dorst is verschrikkelijk. Iedereen heeft hoofdpijn en onze monden voelen aan als papyrus. Niemand heeft zin om iets te doen en in de zon zitten is een echte marteling. Sommige jongens die het niet meer kunnen uithouden drinken hun eigen urine om het ondraaglijke dorstgevoel toch een beetje weg te nemen. Toekomstige zeevaarders moeten dubbel zoveel watertonnen meenemen als wij want in deze woestijn is water opslaan uitgesloten.*

*Kapitein Hanno beweert dat een beker zeewater 's morgens en één 's avonds volstaan om voldoende vocht in het lichaam te hebben. Het zout houdt volgens hem het water vast. Ik heb het geprobeerd. Bij gebrek aan zoet water is het misschien een oplossing, maar het zoute water versterkt het dorstgevoel nog. Daarbij ben ik er zo misselijk van geworden dat ik alles heb uitgekotst. Ik verdenk Hanno ervan dat hij nog een wijnreserve heeft waar hijzelf 'voldoende vocht' uithaalt, want hij volgt zijn eigen goede raad niet op.*

*Vijfentwintigste dag van de maand Tybi.*[28]

*Vanaf het schip houden wij de kust in de gaten, maar we zijn het duinengebied nog niet voorbij. Zolang we de duinengordel niet achter ons laten, heeft het geen zin aan land te gaan want er is toch niets te vinden dat bruikbaar of eetbaar is. Vijf van mijn mannen waren er zo erg aan toe dat ik hun heb bevolen in het ruim te gaan rusten. Twee van hen zijn erbovenop gekomen, de drie anderen zijn uitgedoofd als lichten waar geen olie meer in was. Toen hebben we iets vreselijks gedaan waardoor we misschien de woede van de goden op onze hals hebben gehaald. In plaats van hen behoorlijk te begraven en de god Anoebis te hulp te roepen, hebben we hun lichamen in zee gegooid... De Feniciërs zijn nog minder bestand tegen de dorst dan wij. Twee van hen zijn al in wanhoop in het water gesprongen en kapitein Hanno heeft drie anderen aan de mast laten vastbinden omdat ze ook een eind aan hun leven wilden maken.*

---

[28] 23 december.

*Ondanks deze catastrofe blijft de wind onafgebroken waaien. Het is ondertussen zo warm geworden dat we onze zeehondenmantels opgeborgen hebben. De schaduw van de speer op de voorplecht wordt korter. Ik denk dat we het punt naderen waarop mijn schaduw niet groter meer is dan mijn buik.*

*Eerste dag van de maand Mechir.*[29]

*Vandaag heb ik kapitein Hanno bevolen landwaarts te zeilen en een brede rivier op te varen. Ik had alle moeite om mijn uitgedroogde mannen aan boord te houden, maar toen ze de krokodillenruggen zagen die bijna onzichtbaar door het water schoven, was hun zin om in het water te springen meteen verdwenen.*

*Verder stroomopwaarts zijn we aan land gegaan. Er was een overvloed aan alles wat we de laatste maand gemist hadden: zoet water, sappige vruchten, palmwijn en alles waarvan we in grote dorst gedroomd hadden.*

*Toch hadden de plaatselijke bewoners niets dat de moeite loonde om mee te nemen. Ze leefden in eenvoudige hutten, hun sieraden waren gemaakt van schelpen en paarlemoeren schalen. Wel heb ik een verzameling zaden en pitten meegebracht van de vruchten die wij gegeten hebben en die wij lekker vonden. Ik heb begrepen dat de bomen en de struiken waar die vruchten aan hangen, het hele jaar door bloeien en vruchten dragen.*

*Bij hen is de krokodil geen verschijningsvorm van de god Sobek, maar een jachttrofee waar ze heel fier op zijn. Elke man die eer en aanzien wil verwerven in zijn dorp en bij zijn volk moet in zijn eentje op krokodillenjacht trekken en een volwassen dier doden met een speer. Pas dan heeft hij het recht in de vergadering te spreken en verdringen de vrouwen en meisjes zich om zijn bed te delen. Ze willen graag een zoon van hem die even dapper zal zijn als zijn vader. Zo'n man hangt de buitgemaakte krokodillenkop naast de ingang van zijn*

---

[29] 1 januari.

*kraal, de huid van het reptiel looit hij en gebruikt het als pantser in de oorlog. Het vlees eet hij op met zijn vrouwen en kinderen om de geest van de krokodil in zich op te nemen. Omdat ze het krokovlees allemaal lekker vinden, gaan de mannen ook samen op krokodillenjacht, maar dat draagt niet bij tot hun status.*

*Ahmose heeft de toestemming gevraagd om alleen op krokodillenjacht te gaan. Hij wil blijkbaar de status van superman verwerven. Ik heb hem de toestemming gegeven en 's avonds is hij met een volwassen exemplaar teruggekeerd. Hij glunderde alsof hij Ethiopië had veroverd. Zijn soldaten hebben de prooi versneden en het vlees boven het vuur geroosterd. Lekker! Ik beveel het aan, niet alleen in tijden van hongersnood! Ik zal aan de vizier de raad geven om krokodillenjagers te benoemen die het vlees van deze reptielen in de steden kunnen verkopen.*

*Twee Feniciërs wilden mijn officier na-apen en zijn zonder de toestemming van Hanno ook op krokodillenjacht vertrokken. Een van hen is niet teruggekeerd. De andere wel, maar zonder buit. Om hun kameraad te eren hebben de Feniciërs een geit gekocht, ze hebben het dier op een houtstapel gelegd en het de keel overgesneden. Ze hebben het bloed over het hout laten vloeien en daarna hebben ze de brandstapel aangestoken ter ere van Baäl. Achteraf heeft Hanno zich razend kwaad gemaakt omdat hij een man verloren had en omdat de tweede eerloos van de jacht was teruggekeerd. Bijna had hij hem aan de krokodillen gevoerd. Gelukkig is het zo ver niet gekomen en voor twee goudstukken heeft de Feniciër de vriendschap van zijn kapitein teruggekocht.*

# 11

De weken kropen voorbij. De schaduw van de speer op de voorsteven werd zo kort dat ze 's middags niet meer te zien was. De zon brandde pal op de hoofden van de manschappen. Ondanks de niet aflatende wind was het zo heet dat ze bij voorkeur onder het afdekzeil bleven schuilen.

Smenkes had er zijn logboek op nagelezen. Toen ze uitvoeren, had het zeven maanden geduurd voor ze het punt zonder schaduw bereikt hadden. Eindelijk had hij een concrete aanwijzing! De volgende maand Koiak, aan het einde van het overstromingsseizoen, zouden ze weer in Egypte zijn.

Hij kon het nieuws niet voor zich houden. Schijnbaar kalm liep hij naar het dek en ging naast Ahmose op de reling zitten.

'Alles in orde?' vroeg hij.

De officier knikte. Sinds de grote droogte was alles gesmeerd verlopen. Overal waar ze aanlegden was er genoeg zoet water, vis, vlees en lekkere vruchten die ze nog nooit hadden gezien. Dikwijls werden ze onthaald op geroosterde larven en sprinkhanen. Die rotbeesten waren ook in Egypte maar al te goed bekend omdat ze de velden kaal vraten en de mensen met mislukte oogsten en honger achterlieten. Niemand had er ooit aan gedacht die sprinkhanen te vangen en op te eten.

Anderzijds hadden de bewoners van de kuststreek niets waarmee ze handel konden drijven. Hout, vis, vlees en eetbare wortels hadden ze in overvloed, maar Egypte was te ver weg om daar een handel mee op te zetten. Eigenlijk was Smenkes niet meer op zoek naar handelsgoederen. De voorraad linnen die hij uit Egypte had meegebracht was bijna volledig geruild en uitgedeeld. In plaats daarvan bracht hij een hele verzameling zaden, edelstenen, goud en parfums, plus een schat aan gegevens voor de volgende expeditie mee naar huis. Hij was ervan overtuigd dat de vizier en de farao daarmee meer dan tevreden zouden zijn. Snel en veilig thuiskomen was momenteel zijn grootste doel. Hij had al te veel mannen verloren op deze tocht en hij wilde geen mensenlevens meer op het spel zetten.

'Volgens mijn berekeningen zijn we over zeven maanden thuis', zei hij.

'Dat is goed nieuws', reageerde Ahmose meteen. 'Ik kan niet zeggen dat ik er rouwig om ben.'

Neen, Smenkes was er ook niet rouwig om. Hij wilde eindelijk zijn vrouw en kinderen terugzien en de beloning in ontvangst nemen die de vizier in het vooruitzicht had gesteld en dat was bij zijn officier ook het geval.

'Hebben we nog genoeg voorraden om thuis te raken?' ging Ahmose verder.

'Volgens mijn berekeningen hebben we voldoende om normaal te eten tot we in Egypte aankomen, maar dan moeten we van tegenslagen gespaard blijven.'

'Misschien helpt het wel als we een offer brengen aan Naunet, de god van de zee.'

Daar moest Smenkes even over nadenken. Van Naunet had hij ooit weleens gehoord. Het was een van de oergoden uit wie alles ontstaan was. Hij had echter nergens een tempel gezien waar deze god vereerd werd. Dat betekende niet dat hij niet bestond. Hij kende maar één vierde van de honderd goden die her en der in Egypte vereerd werden, maar dat kon hij aan zijn officier niet toegeven.

'Als we vanavond aan land gaan, brengen we een offer aan Naunet', zei hij.

Dezelfde avond verzamelden de mannen hout en bouwden een altaar vlak bij het water. Ze besprenkelden de brandstapel met het bloed van een aardvarken dat ze geschoten hadden en Smenkes strooide daar een handvol gerst overheen. Veel was het niet, maar de god zou wel begrijpen dat hij met het voedsel van zijn mannen niet kwistig mocht omspringen. Toen stak hij de brandstapel aan en bad een hymne die hij in de loop van de dag verzonnen had: 'Oh, grote god van het oerwater waaruit alles is ontstaan, schenk ons een veilige thuisreis over de wateren die u gehoorzamen. Houd de monsters van de zee in bedwang en laat een gunstige wind ons schip voortjagen tot we veilig in Egypte zijn teruggekeerd.' Meer kon hij niet verzinnen. Hij hoopte dat de god genoegen zou nemen met deze korte plechtigheid.

De volgende dagen bleek dat de god het offer maar niets vond, want de wind die maandenlang vanuit het zuiden had geblazen en het schip had voortgejaagd, luwde en viel helemaal stil. Het zeil hing slap aan de mast en zonder te roeien kwam het schip geen riviermaat per dag meer vooruit. Er was iets dat nog veel erger was: het schip was van richting veranderd! De zon kwam 's morgens niet meer op aan de rechterkant van het schip zoals de laaste maanden, maar boven de achtersteven. 's Morgens hadden de mannen de zon in hun rug en 's avonds scheen ze in hun gezicht. Ze voeren recht naar het westen, weg van Egypte! Het duurde enkele dagen voor de mannen dat doorhadden, maar toen werd het onrustig aan boord. De verhalen over het einde van de wereld en de bodemloze diepte waarin ze meegesleurd zouden worden, doken weer op. Je kon voelen dat de spanning steeg. Vechtpartijen tussen Feniciërs en Egyptenaren hingen weer in de lucht. Ruzies over slaapplaatsen en ruimte om de benen te strekken, eindigden in messentrekkerij. Smenkes moest natuurlijk optreden en de vechtersbazen laten geselen, maar hij begreep dat ook de gewone manschappen het moeilijk hadden. Dagelijks moest er geroeid worden om vooruit te komen. En door de dood van te veel mannen moesten de karweien verdeeld worden onder minder handen zodat de meesten oververmoeid raakten van de lange werkdagen. Om de vijftien dagen laste Smenkes drie rustdagen in, waarvan één slaapdag en twee vis- of jachtdagen. Dat waren echte feestdagen voor de manschappen, maar telkens als ze weer aan boord moesten, was het moeilijker om hen aan het werk te krijgen.

Pas drie maanden later merkten ze dat de zon weer aan hun rechterhand opkwam en tegelijk kwamen ze in een stroming en een wind terecht die de zeilen bol deed staan en roeien overbodig maakte.

*Tiende dag van de maand Mesore*[30].

*Eindelijk varen we weer naar het noorden en de wind uit het zuiden blaast ons in snel tempo vooruit. Ik heb er mijn logboek op nagelezen en ik merk dat we twee jaar en vijf dagen geleden vertrokken zijn. Dit is dus het vijftiende regeringsjaar van farao Necho II. Heil en zegen.*

*De stemming onder de mannen is weer beter. Ze merken dat we noordwaarts varen. Ze zullen pas gerust zijn wanneer ze de zonnestralen 's morgens op hun gezicht krijgen en de zon in hun rug ondergaat. Ik heb er geen idee van hoe lang dat nog zal duren. Voor we naar het westen begonnen te varen, had ik berekend dat we nog zeven maanden voor de boeg hadden voor we de Nijl zouden opvaren. Ik vrees dat ik daar nu minstens drie maanden bij moet tellen... Maar zoveel voorraad heb ik niet meer aan boord, zodat we verplicht zullen zijn nog eens aan land te gaan, te zaaien en te wachten op de oogst. Wat betekent dat we weer vijf maanden vertraging zullen oplopen!*

*Laatste dag van de maand Paopi*[31].

*Vandaag hebben we de hele dag aan de reling gestaan. Toen een van de soldaten het vertelde, konden we het niet geloven tot we het met eigen ogen gezien hadden. In deze oceaan leven vliegende vissen! Het zijn slanke dieren die plots uit het water opduiken en ellenlang door de lucht klieven tot ze weer in het water duiken. De soldaten, die er de hele dag naar gekeken hebben, beweren dat ze geen vleugels hebben maar dat ze zweven op hun vinnen. Anderen denken*

---

30 6 juni.
31 29 september.

*dat ze in hun vlucht vliegjes of andere insecten vangen. Sommigen hebben geprobeerd zo'n vliegende vis te vangen, maar ze zijn er niet in geslaagd. Soms waren de vliegende vissen zo talrijk dat enkele exemplaren tegen de boeg van het schip botsten, maar ook die hebben wij niet kunnen vangen.*

Op een late middag zaten Hanno en Smenkes op hun vertrouwde plek over de zee te staren. Smenkes had een soldaat de mast ingestuurd om uit te kijken naar een gunstige plaats om aan land te gaan. De voorraden in het ruim waren zo geslonken dat er maar twee mogelijkheden overbleven: ofwel aan land gaan en zaaien ofwel honger lijden. Hij had het dagrantsoen van de manschappen al met één vierde moeten inkrimpen, maar dat konden zijn mannen geen zeven maanden meer volhouden.

'Schip in zicht!'

Gelijktijdig veerden Smenkes en Hanno overeind en tuurden in de richting die de soldaat in de mast aanwees. Heel in de verte zagen ze een stip op de golven. Alle mannen die geen karwei hadden, drumden naar de voorsteven om het schip te zien. Het was zeker een jaar geleden dat ze nog een ander schip hadden gezien. Het was een teken dat ze in de bewoonde wereld terugkeerden!

'Zoeken we contact?' vroeg Hanno aan Smenkes.

Die knikte enthousiast.

'Zij kunnen ons misschien een haven aanwijzen of een streek waar we kunnen zaaien. Misschien komen ze wel van een land dat wij nog niet kennen.'

De kapitein knikte.

'Roerganger, naar rechts!' beval hij.

Zelf ging hij met Smenkes op het puntje van de voorsteven staan terwijl ze naar het groter wordende schip tuurden. Het was alsof het gevaarte recht op hen af stevende.

'Zal ik voor alle zekerheid de mannen in staat van paraatheid brengen?' vroeg Ahmose, die achter hen stond. 'Misschien is het wel een zeerover...'

'Ik denk het niet', antwoordde Hanno bedachtzaam. 'Volgens mij is het een Fenicisch koopvaardijschip!'

Juichen deed hij niet, maar hij was duidelijk opgewonden. Het was alsof hij in het water wilde duiken om naar het schip te zwemmen.

'Kijk, ze zwenken naar de kust!' riep een van de manschappen.

Inderdaad, het schip maakte een zwenking naar links en voer recht op de kust af.

'Is er aan land iets te zien?' riep Hanno naar de man in de mast.

'Er mondt een brede rivier uit in de oceaan', antwoordde die. 'Het schip voor ons vaart naar de monding.'

'Zeil ophalen. Roeiers op de banken!' beval Hanno.

Ahmose schreeuwde de bevelen door en de manschappen stoven naar de banken.

'Stuurman, volg het schip voor ons!'

Langzaam dreef het schip in de richting van het land. Het was duidelijk te zien dat daar mensen woonden. Onder de palmbomen stonden grote hutten en tenten en ergens brandde een vuur. Op het strand lagen een tiental bontgeschilderde prauwen die duidelijk voor de visvangst werden gebruikt.

'Mijn kop eraf als dit Kerne[32] niet is!' riep Hanno. 'Hier ben ik jaren geleden geweest toen ik nog onder het bevel van Scylax stond.'

Vragend keek Smenkes hem aan.

'We zijn in de wereld van de mensen teruggekeerd', juichte Hanno. 'Dit is een stad van de Ethiopiërs en wij doen zaken met deze mensen! Hier komen al jaren Fenicische handelaars. Sommigen blijven enkele maanden, vertrekken dan weer en komen maanden later terug.'

Smenkes was even blij als de kapitein, maar hij verloor er zijn nuchterheid niet bij.

'Hoe lang varen is het nog naar Egypte?'

'Vier maanden, ten hoogste vijf bij tegenwind.'

---

[32] Een nederzetting aan de monding van de Senegalrivier.

Smenkes zuchtte van opluchting. Eindelijk lag het einde van deze reis in het verschiet. Hij zag dat het schip voor hen de rivier opvoer en aanlegde aan een houten staketsel dat enkele ellen in de rivier uitstak.

'We gaan aan het tweede staketsel liggen', beval Hanno. Hij schreeuwde zijn bevelen door naar de roeiers en de stuurman en manoeuvreerde zo lang tot het schip op zijn plaats lag en aan een stevige meerpaal was vastgemaakt. Zodra dat gebeurd was, kon niemand de Feniciërs meer tegenhouden. Een verkenning door de soldaten van Ahmose was niet nodig, hun veiligheid hoefde niet gegarandeerd te worden. Zonder enige aarzeling liepen ze de oever op tot aan het Fenicische schip. Veel uitleg was er niet nodig. Vanaf hun schip zagen de Egyptenaren dat er op het Fenicische schip uitvoerig verbroederd werd en dat er brood en wijn werden rondgedeeld. Hanno schudde de hand van een man en toen begonnen die twee een langdurig gesprek. Af en toe stak Hanno zijn wijsvinger uit naar zijn schip, maar wat die twee elkaar te vertellen hadden was niet duidelijk.

Naast elkaar stonden Smenkes en Ahmose vanaf de voorplecht de drukte op het andere schip te bekijken. Het was duidelijk een verbroedering onder Feniciërs waar de Egyptenaren niets mee te maken hadden.

'Ga ik op verkenning, heer?' vroeg Ahmose.

'Ik denk dat dat niet meer nodig is', antwoordde Smenkes terwijl hij rondkeek.

Van alle kanten kwamen zwarte mannen aanlopen die zich op het strand tegenover de twee schepen installeerden en hun goederen etaleerden. Tussen de zwarte mensen liepen ook enkele Feniciërs die recht op de schepen afkwamen. In een taal die Smenkes niet begreep, stelden ze zich voor en wilden aan boord komen, maar toen ze doorhadden dat ze met niemand van de bemanning konden praten, liepen ze naar het eerste schip.

'Wat doen we, heer?' vroeg Ahmose.

'We lopen het strand op om te zien wat er te koop is. Zorg voor een escorte. De rest van de manschappen blijft aan boord tot we terug zijn.'

Smenkes besefte wel dat zijn mannen gretig waren om aan land te gaan, maar de lange reis had hem voorzichtig gemaakt. Dit was niet alleen een stad van de Ethiopiërs, hier hadden ook de Feniciërs een nederzetting en je wist maar nooit wat die voor plannen hadden. Samen met Ahmose liep hij het strand op. Meteen werden ze aangeklampt door mannen die ze goederen wilden laten zien. Er waren vooral huiden te koop van herten, leeuwen en panters. Huiden en slagtanden van olifanten en ontelbare sieraden en bekers uit ivoor. Daarnaast grote kruiken wijn en prachtig bewerkte sieraden die zowel van ivoor als van goud waren gemaakt.

Smenkes was ervan overtuigd dat er zaken gedaan konden worden, maar hij had geen haast. Hier moesten ze een dorp bouwen en zaaien, hier zouden ze minstens vier maanden blijven. Het had dus geen zin nu al dingen te gaan ruilen. Samen met Ahmose en zijn escorte keerde hij terug naar het schip. Glimlachend stond Hanno hen op te wachten.

'Ik heb vrienden uit Fenicië ontmoet', zei hij. 'De kapitein komt uit Sidon zoals ik. Hij gelooft niet dat we rond Afrika gevaren zijn. Hij wil het uit uw mond vernemen. En als bewijs zou hij graag uw notities zien en wat meer uitleg krijgen. Hij nodigt ons vanavond uit aan boord van zijn schip om er meer over te vertellen. Past dat voor u?'

'Ik heb niets anders te doen', reageerde Smenkes. 'Maar moeten we niet eerst langsgaan bij de koning of de gouverneur van deze stad om...'

'Hier is helemaal geen koning', nam Hanno hem het woord af. 'Er wordt verteld dat ver van hier een zwarte koning woont, maar zijn gezag reikt niet tot hier. Mensen die de hoofdstad gezien hebben, vertellen dat alle gebouwen in leem zijn opgetrokken, zoals de huizen in Egypte. Hier wonen alleen maar vrije jagers en vissers die aan niemand verantwoording verschuldigd zijn. Zelfs de twintig Feniciërs die hier tijdelijk wonen en dan weer vertrekken, hebben geen koning of gouverneur. U mag dus een stuk land uitkiezen om te bewonen en te bewerken.’

Smenkes knikte.

‘Deze keer blijven wij niet aan boord’, ging Hanno verder. ‘Mijn mannen gaan hun tenten neerzetten in het gebied waar ook de andere Feniciërs wonen. Mag ik de bewaking van het schip helemaal aan u overlaten?’

Smenkes knikte opnieuw.

‘Bewaking is een groot woord’, ging de kapitein verder. ‘Behalve Feniciërs en Egyptenaren is hier niemand die met zo’n groot schip overweg kan. De vissers gebruiken kleinere prauwen waarmee ze de rivier en de zee op kunnen, maar een bireem is te groot voor hen. De bewaking is veeleer symbolisch om de zwarte mannen te beletten zich op het schip te vestigen.’

‘Kan ik mijn mannen hier vrij laten rondlopen?’ vroeg Smenkes.

‘Zonder twijfel. Hier kun je zelfs ’s nachts zonder wapens tussen de hutten en de tenten lopen. Iedereen beseft dat de handel niet gediend is met diefstal en moord. En in het kwartier waar de Feniciërs wonen zijn zelfs kroegen waar de klanten door zwarte meisjes bediend worden. Tot vanavond?’

‘Ik zal er zijn’, antwoordde Smenkes.

Hanno liep over het staketsel het strand op.

‘Mogen mijn mannen het schip verlaten, heer?’ vroeg Ahmose.

‘Dat is hun van harte gegund’, antwoordde Smenkes. ‘Maar laat hen niet vertrekken voor ze elk een zilverstuk hebben gekregen zodat ze eens helemaal uit de bol kunnen gaan.’

Enkele tellen later was het schip leeg, op de vijf ongelukkigen na die de eerste wachtbeurt voor hun rekening moesten nemen. Ook Ahmose trok de nederzetting in want hij was niet uitgenodigd bij de kapitein. Smenkes gaf aan een van de schildwachten geld om een kruik wijn te kopen bij een verkoper op het strand. Hij schonk ieder van de bewakers een grote beker in en daalde toen af naar zijn kajuit. Hij moest zijn logboek nog invullen.

*Vijfde dag van de maand Koiak*[33].

*Vandaag zijn we eindelijk in de bewoonde wereld teruggekeerd. In de late middag zijn wij aan land gegaan op een plaats waar een brede zoetwaterrivier in de oceaan uitmondt. De Feniciërs hebben er een handelspost die zij Kerne noemen en waar zij handeldrijven met de plaatselijke jagers en vissers. Er zijn vooral dierenhuiden, wijn en gouden en ivoren sieraden te koop. De wijn is hier heel lekker, veel lekkerder dan de Syrische wijn die kapitein Hanno meegenomen heeft en waar hij zo gierig mee omspringt. De sieraden en het ivoor lonen beslist de moeite om mee te nemen en er handel mee te drijven. Als de Feniciërs die hier komen ophalen om ze in andere steden door te verkopen, kunnen wij dat ook.*

*Zevende dag van de maand Koiak.*

*Eergisteren heb ik het avondmaal gebruikt met de twee kapiteins. Ik heb Hamilcar over onze tocht rond Afrika verteld, maar gemakkelijk ging dat niet, want Hanno moest elke zin van mij vertalen. Tussendoor sprak hij met de andere kapitein in het Fenicisch en vertaalde dat dan weer in onze taal. Ik heb de kapitein ook mijn aantekeningen en kaarten laten zien en hij was vol bewondering, maar veel wijzer is hij er niet van geworden. Ik heb alles in demotisch schrift opgetekend en daar snapt hij geen jota van. Ook kapitein Hanno kent geen geschreven Egyptisch zodat ik niet bang hoef te zijn dat ze iets aan mijn aantekeningen hebben.*

*Toch was het een gezellige avond, overvloedig overgoten met Syrische wijn van goede kwaliteit, die voor sieraden geruild wordt. Naast hun wijn proberen de Feniciërs hier Attisch aardewerk te verkopen dat ze in Athene in grote hoeveelheden aankopen. Ook olijfolie is erg in trek. Ik heb begrepen dat de Feniciërs zelfs speciale schepen hebben waarmee ze tamme varkens van Carthago naar hier brengen.*

[33] 3 november.

*Die schijnen erg in trek te zijn en ze worden vele riviermijlen landinwaarts op een grote markt verkocht.*

*De twee Feniciërs waren niet alleen uiterst vriendelijk tegenover mij, ook tegenover elkaar waren ze uitermate voorkomend. Hamilcar, de andere kapitein, heeft mij aangeboden een tocht te organiseren naar een goudmijn op twee dagenreizen van Kerne. Hij kent een zwarte gids die ons ernaartoe wil brengen voor een kleine vergoeding. Daar wordt het goud uit een schacht gehaald en ter plaatse verwerkt tot sieraden. In ruil voor weinig goederen kun je daar heel veel goud verwerven, beweert hij. Ik heb hem geantwoord dat zijn voorstel mij interesseert, maar dat we eerst onze hutten willen bouwen en de gerst, de bonen en de kikkererwten willen zaaien.*

*Dertigste dag van de maand Koiak.*[34]

*Ahmose en ik hebben een stuk land uitgekozen vlak bij de rivier. De mannen hebben het bewerkt en bezaaid en daarna hebben ze het met rivierwater besproeid. Dat zal dagelijks moeten gebeuren om het zaad niet te laten uitdrogen. Naast onze akkers hebben de mannen met palmbladeren, helmgras en ander materiaal dat ze vonden hutten gebouwd. Erg comfortabel zijn die niet, maar voorlopig voldoen ze.*

*De Feniciërs zien we nog enkel als we naar hun kroegen gaan, maar dat gebeurt hoe langer hoe minder. Twee van mijn soldaten hebben ontdekt dat ze zelf een kroeg kunnen uitbaten. Ze hebben van mij twee goudstukken geleend, daarmee hebben ze wijn gekocht van de Ethiopiërs en aarden drinkbekers van de Feniciërs en nu hebben ze hun eigen kroeg die elke avond vol zit. Om het nog gezelliger te maken hebben ze twee zwarte meisjes ingehuurd die de klanten bedienen en voor hen dansen.*

*Gisteren is er een boodschapper van kapitein Hamilcar gekomen. Als ik nog altijd geïnteresseerd ben, staat zijn gids morgen klaar om*

[34] 27 november.

*ons naar de goudmijn te brengen. Ahmose vindt het ook een goed idee. Volgens hem is het hier zo rustig dat er niet meer dan tien schildwachten moeten achterblijven om ons schip en ons dorp te bewaken en de velden te besproeien. Al de anderen kunnen mee. Dat geeft zijn soldaten de gelegenheid al wat ze niet meer nodig hebben te ruilen voor goud. Op die manier keren ze als rijke heren naar Egypte terug en dat hebben ze wel verdiend na meer dan twee jaar zwalpen op de oceaan.*

*Ik heb de weinige resten stof en alles wat we nog niet geruild hebben van het schip laten halen om mee te nemen naar de goudmijn. Ahmose heeft twee soldaten aangeduid die de afgelegde weg nauwkeurig in kaart moeten brengen en die op stenen, bomen en struiken duidelijk zichtbare tekens moeten aanbrengen zodat we later geen gids meer nodig hebben om de goudmijn terug te vinden. Als de oogst overvloedig is, kunnen we de overtollige gerst en bonen nog altijd voor goud ruilen zonder de hulp van de Feniciërs.*

’s Anderendaags stonden alle mannen klaar bij zonsopgang. Ahmose had duidelijk gezegd dat wie niet mee wilde, in het dorp mocht blijven, maar hij had geen enkele vrijwilliger gevonden. Door lottrekking had hij de mannen aangewezen die deze keer de wachtbeurten op zich moesten nemen, met de belofte dat ook zij later de kans zouden krijgen om rijk te worden.

‘Klaar? Ingerukt!’

Op één lange rij liepen ze in de richting van de zonsopgang, eerst over het zand, later door een bos, toen door een vlakte met struiken en weinig bomen waar geen einde leek aan te komen. Dan weer door een bos. Af en toe moesten ze door ondiepe rivieren waden en regelmatig hield de gids halt om hun een everzwijn aan te wijzen of een luipaard die op een tak lag te slapen. Even regelmatig hoorden ze het gekrijs van de apen in de kruinen van de bomen. De gids probeerde de begroeiing zoveel mogelijk weg te kappen met een machete, maar het bleef moeilijk om door het lage struikgewas vooruit te komen.

Allemaal waren ze bekaf toen de gids eindelijk halt hield in het halfduister en met gebaren duidelijk maakte dat ze op die plaats de nacht zouden doorbrengen. Er was geen sprake van hutten bouwen, iedereen ging liggen waar hij een plaatsje vond om zo snel mogelijk in te slapen.

De zon priemde nauwelijks door de bomen toen Smenkes wakker werd en de slaap uit zijn ogen wreef. Hij krabbelde overeind om de slaapplaats te overschouwen. De meeste mannen lagen nog op de grond. Alleen de schildwachten stonden een homp brood te eten. Ahmose lag nog te slapen, maar die schrok wakker zodra Smenkes één stap verzette. Hij was meteen klaarwakker.

'Goedemorgen, heer. Lekker geslapen?'

'Als een roos. Ik ben niet één keer wakker geworden. Maak de mannen wakker zodat we verder kunnen trekken.'

Ahmose klapte in zijn handen.

'Opstaan! Over een paar tellen vertrekken we!'

Even later stonden de mannen in een lange rij achter elkaar. Niemand ontbrak, alleen... de gids was er niet!

'Heeft iemand de zwarte gids gezien?' vroeg Smenkes.

'Die is gisteravond nog weggegaan', antwoordde een schildwacht. 'Hij is achter een boom gaan zitten om zijn behoefte te doen.'

'En is hij ook teruggekeerd?'

'Dat heb ik niet meer gezien. Het was al te donker.'

'Dan gaan we de buurt verkennen om hem terug te vinden.'

Ahmose duidde enkele mannen aan die aandachtig begonnen rond te snuffelen. Achter elke boom, achter elke struik gingen ze kijken om hun zwarte gids terug te vinden. Toen ze zonder iets terugkeerden, werd Smenkes lijkbleek van woede.

'Denk jij hetzelfde als ik?' siste hij tegen Ahmose.

De officier knikte.

'Voor de tweede keer worden wij door een gids beetgenomen!' schreeuwde hij. 'Als ik die kerel vind, geef ik hem levend te eten aan de termieten! En de schildwachten die hem hebben laten vertrekken, hebben tien zweepslagen verdiend!'

Hij brieste alsof hij op die manier zijn woede kon bekoelen.

'Wat doen we, heer?' vroeg Ahmose toen hij merkte dat Smenkes een beetje kalmer was.

'Die goudmijn zullen we nooit alleen vinden', zuchtte hij.

'Ik vrees dat die goudmijn niet bestaat', zei Ahmose.

Vragend keek Smenkes hem aan.

'Ik denk dat Hamilcar en Hanno ons uit Kerne hebben weggelokt...'

'Om wat te doen?' vroeg Smenkes bars.

'Dat weet ik niet, maar ik heb er geen goed oog in. Ze hebben ons met het goud verblind...'

De woede die langzaam weggeëbd was, kwam weer naar boven. En het ergste was dat Smenkes niemand de schuld kon geven. Hij had zich door de kapiteins om de tuin laten leiden, hij was zo begerig naar goud geweest dat hij twee Feniciërs vertrouwd had! Als er iemand zweepslagen verdiende, was hij het wel! Wie weet wat de Feniciërs met zijn schip en zijn dorp hadden uitgehaald!

'We moeten terug', zei hij dof, 'en wel zo snel mogelijk! De twee soldaten die de merktekens hebben aangebracht, moeten ons naar Kerne terugleiden!'

Ahmose schreeuwde zijn bevelen. Meteen daarop kwam de lange rij in beweging. Niemand vroeg tijd om te eten, niemand wilde uitleg krijgen over wat er gebeurd was. Allemaal hadden ze het idee dat ze door de Feniciërs beetgenomen waren en dat het ergste nog moest komen.

Toen ze eindelijk na een geforceerde mars in de late middag in Kerne terugkeerden, zag iedereen onmiddellijk wat er gebeurd was. Van de hutten die ze gebouwd hadden, bleef niets meer over dan een hoopje smeulende assen. De vijf schildwachten lagen met overgesneden kelen tussen de afgebrande hutten. De kiemende zaden waren uit de grond gewipt en vertrapt.

'Heer, de schepen zijn weg!' riep een soldaat.

Smenkes had het nog niet gemerkt, maar nu zag hij dat de schepen aan de staketsels verdwenen waren. Hij liep naar het strand, maar meer dan het lijk van een soldaat was er niet meer te zien. Verslagen bleef hij staan. Meer dan twee jaar had hij rondgezwalpt op de oceanen en nu, op vijf maanden van zijn einddoel, viel zijn expeditie in het water! Dat mocht niet gebeuren, hij zou de Feniciers mores leren!

'Ahmose, we trekken naar het kwartier van de Feniciërs!'

Met wat ze nog aan wapens overhadden, liepen de mannen achter Smenkes aan. Het was duidelijk dat de achtergebleven Feniciërs zouden moeten boeten voor de ravage die hun landgenoten hadden aangericht. Toen ze in het Fenicische kwartier aankwamen, was daar niemand meer te zien. De tenten waren afgebroken, de kroeg lag tegen de grond. Allen waren met de noorderzon vertrokken...

# 12

Het duurde één nacht voor Smenkes weer helder kon nadenken. Zijn woede en wraakzucht waren langzaam verdwenen omdat er geen Feniciërs waren om ze op bot te vieren. Uit de uitleg en de gebaren van de zwarte mensen had Ahmose begrepen wat er gebeurd was. Onmiddellijk nadat Smenkes met zijn mannen vertrokken was, waren de Feniciërs met een kruik wijn naar het Egyptische dorp gekomen. Na twee bekers hadden ze hun messen getrokken en de nietsvermoedende schildwachten de keel overgesneden. Hetzelfde wreedaardige spelletje hadden ze met de bewakers van het schip gespeeld en hun lichamen waren in het water gegooid. Enkele Feniciërs hadden het dorp in brand gestoken en de velden verwoest terwijl alle anderen de twee schepen volstouwden met huiden en slagtanden van olifanten. Heel vroeg vanmorgen hadden ze hun tenten opgebroken, ze waren aan boord gegaan van de twee schepen en al roeiend waren ze weggevaren.

Smenkes begreep niet hoe hij zo dom had kunnen zijn. Nu maakten Hanno en Hamilcar zich vrolijk over de goedgelovigheid van die kinderachtige Egyptenaren. Stel je voor! Die waren zo onnozel dat je hun met het meest doorzichtige leugentje alles afhandig kon maken! Werkelijk *alles*! Zijn schip, zijn parfums, zijn notities, de goud- en zilverstukken van de vizier, zijn eigen goud, zijn edelstenen, zijn zaden, alles was hij kwijt. Hij had nog gehoopt dat er ten minste iets in de assen van zijn hut was achtergebleven, maar hij had niets meer gevonden. Ook de hutten van de soldaten hadden ze leeggeroofd voor ze alles in de fik staken. Wat kon hij dan nog in Egypte gaan doen? Hij had niets meer om aan de farao en de vizier te laten zien! Ze zouden hem niet geloven als hij over de olifanten vertelde en het goud en de edelstenen die hij bij de Tafelberg had gekregen.

’s Anderendaags besefte hij dat hij nog altijd de leider van de expeditie was en dat hij zijn mannen veilig thuis moest brengen. Hij mocht de dingen niet op hun beloop laten want dan zou de ramp nog groter worden. Van de vijftig mannen die met hem uit Egypte vertrokken waren, had hij er maar dertig meer over! Dat was een slechter resultaat dan na de ergste hongersnood.

Met Ahmose ging hij op een duin zitten om de toestand te bespreken. Allereerst moesten de slachtoffers van de Feniciërs een waardige begrafenis krijgen. Voor de doden die in zee waren gegooid, moesten ze een dodendienst houden. Wanneer ze hun plicht tegenover de doden hadden gedaan, moesten ze weer aan de levenden gaan denken. Alle ontkiemde zaden die nog te redden waren, moesten terug de grond in om de oogst niet helemaal verloren te laten gaan. Dat was een heel nauwkeurig werkje waar iedereen op zijn knieën aan moest meedoen. Daarna diende het dorp heropgebouwd te worden, steviger dan de eerste keer, want het zag ernaar uit dat ze hier de eerstkomende maanden gevangen zaten. Hoe lang? Daar konden Smenkes en Ahmose niet op antwoorden. Zelf een schip bouwen konden ze niet. Met de bootjes van de vissers naar huis varen had geen zin. Ze hadden de kracht van de zee gezien en ze beseften dat ze bij de eerste stijve bries zouden vergaan. Over het land naar Egypte terugkeren? Dat was een avontuur waar ze het einde niet van zagen. Als ze altijd westwaarts trokken, moesten ze vroeg of laat op de Nijl botsen, maar hoeveel maanden of jaren zou dat duren? Ze konden ook de kust blijven volgen tot aan de Zuilen van Hercules, maar dat zag niemand zitten. Misschien kwamen ze wel in een woestijn terecht waar ze omkwamen van honger en dorst. Er zat niets anders op dan te wachten op een schip... Dat de Feniciërs niet snel zouden terugkeren was wel duidelijk, maar misschien legde er weleens een schip uit Griekenland aan, die andere zeevarende natie die de grote concurrent van de Feniciërs was en misschien konden ze met hen wel naar Egypte terugkeren.

In afwachting van dat vertrek en de nieuwe oogst moest Smenkes zijn mannen wel in leven houden. Ruilhandel was niet meer mogelijk, want de meeste mannen hadden niets meer behalve de kleding, de snuisterijen en de wapens die ze op weg naar de 'goudmijn' hadden meegenomen. Het was dus belangrijk op goede voet te leven met de mensen ter plaatse en veel van hen te leren in verband met zaden, vruchten en eetbare planten. Ze ontdekten dat de sorghum die de mensen bij de Tafelberg plukten ook hier geoogst werd. Hij was zoeter en het bier dat ze ervan brouwden, was veel bedwelmender dan het brouwsel dat ze van de gerst maakten. Ook de vis- en jaagtechnieken van de zwarte mensen probeerden ze over te nemen want zij waren veel beter vertrouwd met het wild ter plaatse dan de Egyptenaren.

Om de discipline niet te laten verslappen, gaf Ahmose elke morgen training in worstelen, boogschieten en speerwerpen want hij besefte dat dat nog van pas zou komen. Op de plaats waar de rivier in de zee uitmondde, had Ahmose zand laten ophopen tot een duin van waarop iemand dag en nacht de zee in de gaten hield. Elk schip dat in de buurt kwam, was een mogelijk vervoermiddel om naar huis terug te keren en moest naar hen gelokt worden. Naast het duin lag materiaal opgestapeld waarmee ze een groot vuur konden aanmaken om de aandacht van de matrozen te trekken. Ahmose had een krijgsplan opgesteld voor het geval het eerste schip een Feniciër was. Dan moesten ze het schip veroveren en zo snel mogelijk wegvaren. Elk van zijn manschappen wist precies wat hem te doen stond wanneer alarm geblazen werd. De Feniciers hadden te veel met hun voeten gespeeld om er nog medelijden mee te hebben. Ahmose zou hen laten zien dat de Egyptenaren geen achterlijke pummels waren die het tegen de superieure Feniciërs moesten afleggen!

Voor het overige waren de mannen vrij. Smenkes had hun op het hart gedrukt dat 'vrij zijn' niet betekende dat ze hun leven in gevaar mochten brengen. Hij had al zijn manschappen nodig om naar huis terug te keren, maar hij kon hun niet verbieden te jagen en te vissen. De brouwers en de bakkers schuimden de streek af op zoek naar sorghum, die hier in het wild groeide. Sommigen vonden dat ze onvoldoende bewegingsvrijheid hadden en wilden op zoek gaan naar de goudmijn die ze op hun eerste tocht gemist hadden. Niemand van de zwarte mensen wilde hen ernaartoe brengen. Uit wat ze vertelden, maakte Smenkes op dat de goudmijn inderdaad bestond, maar dat ze het eigendom was van een machtige koning die enkel goud verkocht aan handelaars die hem met soldaten en slaven betaalden.

Uiteraard kwam er een nieuwe kroeg waar de mannen 's avonds samen zaten en waar ook de zwarte mensen naartoe kwamen. Onaangenaam was het leven niet, maar iedereen verlangde naar huis en naar de beloning van de vizier, die ze dubbel en dik verdiend hadden.

Sinds de Feniciërs zijn notities en zijn papyrusvoorraad hadden meegenomen, had Smenkes niets meer genoteerd. Hij had niets om te schrijven en hij zag er het nut niet meer van in. Terug in Egypte kon hij een papyrusrol volschrijven met alles wat ze beleefd hadden, maar hier was zelfs geen schrijfgerei beschikbaar. Wel had hij nauwkeurig de kalender bijgehouden door inkepingen te maken in een stok. Die kalender had hij eigenlijk niet nodig om te voelen dat het winter werd. Op sommige dagen blies de noordenwind hen in hun hutten. Vooral 's nachts werd het soms zo fris dat ze verlangden naar hun zeehondenmantels, maar ook die hadden de Feniciërs meegenomen! Gelukkig mochten ze de huiden gebruiken van de zwarte jagers in ruil voor een kruik bier of een sorghumbrood.

De dagen, de weken, de maanden kropen voorbij. In Egypte was het seizoen van de oogst al begonnen en ook hier hadden ze een magere oogst binnengehaald. Er zat niets anders op dan te wachten...

Het was al de vierde dag van de maand Payni[35] toen er eindelijk een schip aan de horizon verscheen. Zodra de soldaat op het duin het schip in het oog kreeg, waarschuwde hij Smenkes. Ahmose en Smenkes liepen het duin op en tuurden naar het schip.

35 1 mei.

'Wat denk je?' vroeg Smenkes.

'Volgens mij is het een bireem', antwoordde Ahmose. 'Geen Grieks schip, zo te zien, want de Grieken beschilderen hun schepen niet. De tekening op het zeil verwijst naar Carthago.'

Minutenlang bleven ze naar het schip turen.

'Het zet koers naar hier!' Smenkes kon zijn enthousiasme nauwelijks verbergen. Met dit schip wilde en moest hij naar Egypte terugkeren!

'Ben je er klaar voor?' vroeg hij aan Ahmose.

'Helemaal!'

'Dan gaan we ertegenaan!'

Ahmose liep het duin af en schreeuwde zijn bevelen. Een soldaat blies op een koehoorn die hij van een zwarte man gekregen had. Van alle kanten kwamen de soldaten toegesneld. Tot de tanden gewapend stonden ze voor Ahmose, alsof ze naar de oorlog vertrokken.

'Mannen,' riep de officier, 'er is een schip op komst!'

Het gejuich van de mannen belette hem verder te spreken. Hij moest zijn hand opsteken om stilte te vragen.

'Volgens mij is het een Fenicisch schip...'

'Ahoe! Ahoe!'

'Iedereen weet wat hem te doen staat. Het geluid van de koehoorn is het signaal voor de aanval. Wij maken geen gevangenen. Ingerukt!'

Enkele tellen later was er geen Egyptenaar meer te zien. Het was alsof ze door het strand en de lage struiken waren opgeslokt.

Ahmose klauterde weer op het duin.

'Alles in orde?'

'Alles onder controle, heer, maar ik denk dat we hier niet mogen blijven. Het schip is al zo dicht dat de man in de mast ons kan zien staan.'

Ze gingen op hun buik liggen en wel zo dat ze nog net over de top van het duin naar het schip konden kijken. Langzaam zeilde het vaartuig de rivier op. Vanuit hun schuilplaats zagen Smenkes en Ahmose de beweging aan boord. Het zag ernaar uit dat ze hier al eerder geweest waren, want zonder problemen legden ze aan en liepen het strand op. Meteen begonnen de manschappen de tenten op te zetten, ze verzamelden brandhout en legden een vuur aan. Boven dat vuur begonnen ze vlees te braden dat ze zelf hadden meegebracht en daarna opaten. Mannen gingen rond met kruiken en vulden drinkbekers. Op hun schip was niemand achtergebleven. Ze moesten wel heel zeker zijn van hun stuk. Ze vonden het zelfs niet nodig de omgeving te verkennen.

'Hoeveel manschappen zijn er?' fluisterde Smenkes.

'Ik tel er niet meer dan twintig.'

'Vallen we aan?' vroeg Smenkes.

'Laten we nog een poosje wachten tot de wijn zijn werk heeft gedaan.'

Ahmose had gelijk. Eerst werden de Feniciërs luidruchtig, daarna ging de een na de ander in het zand liggen, duidelijk met de bedoeling lang te rusten. Toen blies Smenkes op de koehoorn. Van onder het zand, vanachter de struiken, van onder het staketsel doken gewapende Egyptenaren op. Tien mannen hesen zich aan boord om het schip te bezetten en begonnen het ruim te doorzoeken naar mogelijke achterblijvers. De anderen wierpen zich met speren, messen en knotsen op de Feniciërs. Nog voor die rechtgekrabbeld waren en zich teweer konden stellen, hadden ze al een steek tussen hun ribben gekregen. Wie zich snel uit de voeten probeerde te maken, kreeg een pijl in zijn rug. De moedigsten grepen brandende takken en probeerden zich daarmee te verdedigen, maar ze werden door de boogschutters neergelegd en hun kleren werden door hun eigen brandende takken in de fik gezet.

Vanaf het duin stonden Smenkes en Ahmose de ongelijke strijd te bekijken. Een fraai gezicht was het niet, maar Smenkes en Ahmose hadden geen medelijden met de slachtoffers. Het waren volksgenoten van Hanno en Hamilcar, de twee schurken die tien Egyptenaren vermoordden en de rest levend begraven hadden. Door te sterven betaalden deze mannen de schuld van de kapiteins af.

Ahmose was de eerste om van het duin naar beneden te lopen. Hij deelde bevelen uit om de doden zo snel mogelijk op te ruimen. Hij liet een kuil graven om de lijken in te gooien, hij beval de wapens en de pijlen te verzamelen om elk spoor van een gevecht uit te wissen. Tegen de tijd dat de zwarte mensen met hun huiden op het strand verschenen, was er van de slachtpartij niets meer te zien en zat de helft van de Egyptenaren rond het vuur.

'Heer, heer, kom kijken!'

Vanaf het schip stonden de mannen te zwaaien naar Smenkes en Ahmose. Nieuwsgierig liepen de twee leiders naar het staketsel.

'Kijk, heer, wat een smakelijke lading!'

Vanaf het dek keken ze in het ruim. Het was gevuld met wel vijftig varkens.

Twee dagen later verliet het nieuwe Oog van Horus de nederzetting Kerne. De lading varkens had Smenkes aan de zwarte mensen overgedragen. Daarna had hij het ruim grondig laten schrobben want het schip was een echte zwijnenstal waar geen Egyptenaar in kon leven. Pas toen had hij het ruim laten vullen met de gerst en de sorghum die hij van de plaatselijke bewoners in ruil voor de varkens gekregen had. De Syrische wijn in het ruim had hij laten uitgieten omdat hij te veel naar de varkens stonk. In plaats daarvan had hij de kruiken gevuld met de wijn van Kerne.

Toen had hij Ahmose tot kapitein benoemd. Die had op zijn beurt een stuurman en een trommelaar aangeduid om het roeiritme aan te geven. Smenkes was ervan overtuigd dat alles goed zou gaan. Al meer dan twee jaar hadden zijn mannen de Feniciërs in het oog gehouden om van hen de vaarkunst te leren. Hij vertrouwde erop dat het seizoen van de stormen voorbij was en dat ze in Egypte zouden aankomen voor de noordenwinden opnieuw begonnen te waaien. Overigens nam Ahmose geen enkel risico. Hij verloor het land niet uit het oog, elke avond liet hij het anker uitwerpen voor het strand en als er donderwolken op komst waren, bracht hij het schip in veiligheid.

Het was een groot moment toen ze tussen de Zuilen van Hercules doorvoeren. Niemand van hen had die ooit eerder gezien, maar ze wisten gewoon dat ze de Middellandse Zee binnenvoeren. Binnen drie maanden zouden zij weer thuis zijn! Ahmose had niet de minste moeite om zijn mannen te laten roeien. Wanneer de wind maar flauwtjes blies en het schip naar hun zin niet snel genoeg vooruitkwam, boden ze zelf aan om te roeien. En wanneer het ritme van de trommelaar te traag was naar hun zin, schreeuwden ze dat hij een slak was en wakker moest worden.

Ahmose wist dat ze in Egypte waren aangekomen toen hij in de verte de grote vuurtoren zag die hij als soldaat nog bewaakt had. Een dagreis verder lag de grote monding van de Nijl. De mannen wisten niet wat ze eerst moesten doen: juichen of wenen omdat ze na drie jaar en twee maanden eindelijk weer thuis waren!

## 13

Het eerste wat ze vernamen was dat farao Necho II overleden was en dat Psammetichos II hem had opgevolgd. De oude vizier had zijn hoge functie behouden. De oogsten waren zo goed geweest dat de farao weer huurlingen kon ronselen. De Babylonische dreiging was afgenomen en er stond een leger klaar om vechtend en plunderend door Ethiopië te trekken en daar alles mee te roven wat Egypte nodig had.

Akhet, het seizoen van de overstroming, was op zijn hoogtepunt. De Nijl had het land onder water gezet. Smenkes zag dat de god Hapi vrijgevig geweest was dit jaar. Het water was op een vingerdikte na vijftien el gestegen, wat betekende dat er voedsel in overvloed zou zijn en dat het feest was het komende jaar! Dat betekende echter ook dat er geen onderscheid meer was tussen de rivier en het overstroomde land en dat Ahmose een loods aan boord moest nemen om niet aan de grond te lopen.

Het verwonderde Smenkes wel dat geen enkele gouverneur of stadhouder hen stond op te wachten. Wanneer ze 's avonds in een stad aanlegden die boven het water uitstak en in de kroegen ontspanning zochten, vonden ze nauwelijks gehoor voor hun verhalen. Niemand geloofde dat ze rond Afrika waren gevaren! Dat kon niet! Hun toehoorders hielden hun vertellingen voor overdreven matrozenverhalen die niet met een korrel maar met een hele zak zout dienden genomen te worden. Smenkes troostte zich met de gedachte dat het gewone volk niet besefte wat voor uitzondelijke prestatie hij en zijn mannen geleverd hadden. In de hoofdstad Memphis zou een ontvangstcomité klaarstaan en zou de rode loper uitgerold zijn om hen recht naar het paleis van de vizier en de farao te leiden.

Maar ook in Memphis stond niemand hen op te wachten. Integendeel! Nog voor ze hun schip tegen de aanlegsteiger hadden gemanoeuvreerd, kwam de stadscommandant met zijn gewapende mannen aanlopen omdat hij dacht dat ze Feniciërs op strooptocht waren. Hij liet de mannen één na één van boord halen en opsluiten. Pas toen de commandant hoorde dat Smenkes even goed Egyptisch sprak als hij werd hij nieuwsgierig.

'Naam?' vroeg hij.

'Smenkes. Tot voor drie jaar werkte ik als opzichter in de koninklijke opslagplaats hier in Memphis en Ahmose was de bewakingsofficier.'

'Wat doet u dan op een Fenicisch schip?' vroeg de commandant wantrouwig.

'Drie jaar en drie maanden geleden heeft farao Necho II ons uitgestuurd om rond Afrika te varen. We zijn vertrokken vanuit Klysma en nu zijn we eindelijk terug. De farao wil beslist weten wat we hebben meegemaakt. Wij hebben hem heel veel te vertellen.'

Met open mond stond de havenkapitein naar hem te gapen.

'Ik was erbij,' zei hij nadenkend, 'drie jaar geleden toen de farao Het oog van Horus uitgeleide deed in Klysma, maar bent u die jonge expeditieleider van toen...?'

Smenkes knikte.

'Ik herken u niet meer. U ziet er twintig jaar ouder uit. En waar is die Fenicische kapitein met zijn bemanning?'

'Dat zou ik liever eerst aan de farao vertellen', antwoordde Smenkes beslist.

De havenkapitein aarzelde.

'Ik weet niet of de farao u nog wil zien...'

'Waarom niet?'

'Twee jaar geleden is er in de hoofdstad al een godsdienstige plechtigheid gehouden. Toen het schip maar niet terugkeerde, geloofde iedereen aan het hof dat het meegesleurd was naar de onderwereld. De farao heeft u doodverklaard en offers laten brengen aan Anoebis om hem te vragen zich over de slachtoffers te ontfermen. U bent dood!'

Smenkes besefte meteen wat dat betekende. De farao kon niet op zijn beslissing terugkomen. Dat zou betekenen dat hij niet zo alwetend was als hij zijn onderdanen wilde doen geloven. De beloofde beloning mocht hij op zijn buik schrijven, na al wat hij voor de vizier en de farao had doorstaan!

'Weet u ook wat er met mijn vrouw en zoon gebeurd is?' vroeg hij.

'Dat weet ik niet', bekende de commandant.

Smenkes zuchtte.

'Wat gaat u met ons doen?'

'Ik vrees dat ik u gevangen moet houden tot ik weet wat de farao en de vizier van plan zijn.'

Smenkes wist niet waar hij het had. Hij voelde de woede in zich opkomen. Alles had hij voor deze expeditie overgehad: zijn vrouw, zijn kind, zijn werk, drie jaar van zijn leven gezwalpt op zee, bijna doodgebeten door de bewakers van de Tafelberg, ziek geweest van de dorst toen ze langs het duinengebied voeren, vijf maanden gevangengezeten in Kerne, twintig jaar ouder geworden, en hij kreeg er niets voor in de plaats! Hij werd zelfs als een mogelijke boef de gevangenis ingegooid. Als hij nu een mes bij de hand had gehad, dan had hij de commandant de keel overgesneden.

Tegen zijn zin liet hij zich met zijn mannen opsluiten. Drie jaar lang was hij voor hen de vertegenwoordiger van de farao geweest en nu werd hij in dezelfde gevangenis gegooid als de mannen die hij geleid had. Een grotere afgang kon hij zich niet inbeelden. Hij vroeg zich af wat er verder met hen moest gebeuren. Hij had zelfs geen wapen om een eind aan zijn eigen leven te maken. Ahmose en zijn mannen konden terug naar het leger. Daar maakte het niet uit of ze officieel dood of levend waren. Maar hij? Zijn geweldige carrière kon hij wel vergeten. Hij mocht al tevreden zijn als hij zijn vrouw en kinderen terugzag!

Twee dagen later kwam een bewaker de gevangenis binnen.

'Heer Smenkes?' riep hij.

'Aanwezig!'

'Wilt u mij volgen, heer?'

Smenkes wist niet wat hij hoorde. Hij werd weer met *heer* aangesproken! Achter de bewaker liep hij de gevangenis uit tot in de kamer van de commandant. Die stond op toen Smenkes binnentrad en glimlachend kwam hij op hem toe.

'Heer Smenkes, het heeft een poosje geduurd', zei hij overdreven vriendelijk, 'en ik wil mij verontschuldigen omdat ik u in de gevangenis heb opgesloten, maar eindelijk is het zover. De vizier is bereid u te ontvangen.'

Bedremmeld staarde Smenkes naar zijn handen en zijn lendenschort. Zo vuil en onverzorgd kon hij niet naar de vizier.

'U kunt eerst een bad nemen', ging de commandant verder. 'Mijn bediende zal u scheren en zorgen voor een schone lendendoek.'

Helemaal opgefrist kwam Smenkes in het kantoor van de vizier aan. Zoals de vorige keer zat de gezagsdrager op een stenen bank tegen de muur. Met een handgebaar beduidde hij dat Smenkes mocht gaan zitten.

'Bent u rond Afrika gevaren?' vroeg hij.

Smenkes knikte.

'Hoe komt het dan dat u zo lang onderweg bent geweest?'

'Afrika is veel groter dan de aardrijkskundigen ons verteld hebben. Bijna een jaar hebben we gevaren voor we de zuidelijkste punt bereikt hadden. In plaats van in het zuiden stond de zon 's middags in het noorden. Aan de voet van een berg die eruitzag als een reusachtige tafel zijn we aan land gegaan om te zaaien en te oogsten omdat al onze voorraden op waren. Daarna hebben we gevaren met de zonsopgang aan onze rechterkant en later hebben we drie maanden naar het westen moeten roeien. Toen we nog vijf maanden van Egypte verwijderd waren, hebben we aangelegd in een Fenicische nederzetting die Kerne heet. Daar heeft kapitein Hanno ons schip gestolen met de hulp van een andere Fenicische kapitein, Hamilcar, en ze hebben alles meegenomen wat ik in de voorbije twee jaar verzameld had: goud en edelstenen voor u en de farao, zaden van zeldzame vruchten, tientallen parfums uit het Oosten en al de notities en kaarten die ik in de loop van onze reis had gemaakt. We konden pas verder reizen toen er op die plaats een schip uit Carthago aanlegde dat we gekaapt hebben. Afrika is een enorm werelddeel waar we schatrijk van kunnen worden als we handelsposten stichten op de kusten en handeldrijven met de bewoners. Jammer dat ik de farao en u niets kan laten zien...'

'Dat hoeft niet meer', nam de vizier hem het woord af. 'Farao Psammetichos is niet geïnteresseerd in Afrika. En hij gelooft niet dat de toekomst van Egypte op zee ligt. Schepen wil hij niet meer laten bouwen. Het interesseert hem niet wie of wat het water van de Nijl doet zwellen en afnemen. Hij vindt dat Egypte groot en machtig genoeg is om zijn wil aan de buurvolkeren op te dringen. Bij het begin van zijn regering heeft hij alle Feniciërs uit Egypte verjaagd omdat wij van hun handel niet beter worden. Waarschijnlijk wist Hamilcar dat al toen jullie in Kerne aanlegden en heeft Hanno niet op zijn beloning gewacht. Ik vrees dat de expeditie een maat voor niets is geweest.'

Het zag ernaar uit dat het onderhoud was afgelopen. Smenkes had echter te veel meegemaakt om zich zo maar te laten afschepen.

'Heer, mag ik nog iets vragen?'

Het was tegen de regels, maar Smenkes waagde het erop. De vizier knikte.

'En de beloningen, heer? Van de vijftig mannen zijn er nog maar dertig in leven. Ik kan hen toch niet afschepen met de mededeling dat de expeditie een maat voor niets is geweest! Dat ze bedankt zijn voor hun diensten en dat ze maar gewoon door moeten gaan met hun leven?'

'Tot nu toe ben ik mijn beloftes nagekomen', haastte de vizier zich. 'Anderhalf jaar hebben de vrouwen en de kinderen dubbel rantsoen gekregen en ik ben bereid de mannen een bonus uit te betalen voor al de maanden dat ze afwezig waren. Straks geef ik het bevel iedereen vrij te laten. Vanuit de gevangenis mogen de bemanningsleden bij de schatbewaarder van de farao langsgaan om hun beloning op te halen. En hun verhoging in graad zullen ze ook krijgen. Jouw betrekking als assistent-opzichter van de opslagplaats is al door een ander ingenomen. In afwachting van iets beters benoem ik je tot leraar in de ambtenarenschool. Neem een andere naam aan, vertel dat je voor de farao een geheime opdracht hebt uitgevoerd in het buitenland en niemand zal weten dat je officieel dood bent. Leer aan je studenten alles wat je in Afrika ontdekt hebt en schrijf alles op wat je je nog herinnert. Misschien heeft de volgende farao weer belangstelling voor Afrika en dan kunnen jouw notities van pas komen. Ook jij mag bij de schatbewaarder langsgaan.'

'Er zijn twee zwarte slaven bij die ik de vrijheid beloofd heb en vijf mannen die mijn leven gered hebben.'

'Als je vindt dat zij iets extra's verdiend hebben, laat je dat maar aan de schatbewaarder weten.'

Smenkes wilde nog iets vragen.

'Weet u ook wat er met mijn vrouw en kinderen gebeurd is?'

Vragend keek de vizier hem aan.

'Is ze aan iemand uitgehuwelijkt toen ik dood werd verklaard?'

'Dat heb ik haar voorgesteld, maar ze wilde niet. Ik wilde haar uithuwelijken aan gouverneurs en stadhouders, maar elk huwelijksaanzoek heeft ze geweigerd. Ze kon niet geloven dat je dood was. Ze wacht nog altijd op jou...'

Smenkes wilde opspringen en wegrennen, maar dat paste niet in deze omstandigheden.

'Mag ik gaan, heer?'

De vizier knikte.

'Dank u, heer.'

Nog voor hij uitgesproken was, stond hij al overeind en liep naar buiten.

De weg naar zijn huis was hij niet vergeten. Hij was veel te opgewonden om rustig te blijven en als een jonge snaak liep hij door de ambtenarenwijk. Toen hij de straat inliep waar zijn huis stond, zag hij een jonge vrouw voor de deur van zijn huis staan met een jongen van vijf aan haar hand en een meisje van drie op haar arm. Dat was ze, met zijn dochter op haar arm die hij nog nooit gezien had.

'Neftis!' riep hij. 'Ik ben het!'

Ze keek op. Hij zag hoe ze met droevige ogen naar hem keek. Toen bloeide haar gezicht open.

'Smenkes!' riep ze. 'Ik wist dat je zou terugkeren!'

Toen kwam ze met de kinderen op Smenkes toegelopen. In het midden van de straat omhelsden ze elkaar.

'Ik heb je gemist,' prevelde hij, 'ik ben blij dat ik eindelijk weer thuis ben.'

'Ik heb je ook gemist. Ik was bang dat ik je nooit meer zou zien.'

Het was alsof ze elkaar nooit meer zouden loslaten.

Het meisje op de arm trok aan het oor van haar mama. Ze vond het duidelijk maar niets dat haar mama plots geen belangstelling meer voor haar had.

'Wie is die meneer?' vroeg ze.

'Dat is je papa.'

Smenkes keek naar het meisje. Ze leek als twee druppels water op haar moeder.

'Hoe heet onze dochter?' vroeg Smenkes.

'Ik heb haar Sesjesjet genoemd'

'En Memi is ook groot geworden, zie ik.'

Ook de jongen staarde zijn vader niet-begrijpend aan.

'Heb je een voorspoedige reis gehad?' vroeg Neftis toen Smenkes haar even losliet.

Smenkes zuchtte.

'Een voorspoedige reis zou ik het niet noemen', antwoordde hij. 'Ik heb heel veel te vertellen!'

En hij liep met zijn gezin zijn huis binnen.

# 14

Smenkes en Ahmose zijn niet op een zuil of op de muur van een grafkamer vereeuwigd. Hun expeditie heeft de geschiedenis van Egypte niet gewijzigd. Toch is deze eerste tocht rond Afrika niet onopgemerkt gebleven. Ongeveer honderdzestig jaar later schrijft de Griekse geschiedschrijver Herodotos, na een reis van vier maanden door Egypte, het volgende:

*De Feniciërs vertrokken vanuit de Rode Zee en voeren over de zuidelijke zee. Telkens als het herfst werd, gingen ze aan land, bezaaiden de grond en wachtten de oogst af. Als ze dan de oogst hadden binnengehaald, voeren ze verder, zodat ze na verloop van twee jaar in het derde jaar voorbij de Zuilen van Hercules voeren en weer in Egypte aankwamen. En zij vertelden iets dat ik niet kan geloven, maar een ander misschien wel, namelijk dat zij bij het omvaren van Libië de zon aan de rechterkant hebben gehad.* (Boek IV, 42.)

Later, toen de Romeinen Egypte al veroverd hadden, bestonden er speciaal gebouwde olifantenschepen die de dieren in Ethiopië ophaalden en langs de Rode Zee naar Egypte en het gebied rond de Middellandse Zee brachten.

Het Egyptische jaar was onderverdeeld in drie seizoenen en twaalf maanden.

*Akhet, het seizoen van de overstromingen:*

1. Tahuti (van 1 tot 30 augustus)
2. Paopi (31 augustus – 29 september)
3. Hethara (30 september – 29 oktober)
4. Koiak (30 oktober – 28 november)

*Proyet, het plantseizoen:*
5. Tybi (29 november –28 december)
6. Mechir (29 december – 27 januari)
7. Panemot (28 januari – 26 februari)
8. Parmuti (27 februari – 28 maart)

*Shomu, het seizoen van de oogst:*
9. Pachons (29 maart – 27 april)
10. Payni (28 april – 26 mei)
11. Epipi (27 mei – 26 juni)
12. Mesore (27 juni – 26 juli)

*Om het jaar rond te maken, waren er de Epagonale dagen waarop een aantal goden werden gevierd.*
Dag 1 (27 juli) : geboorte van Osiris.
Dag 2 (28 juli) : geboorte van Horus.
Dag 3 (29 juli) : geboorte van Seth.
Dag 4 (30 juli) : geboorte van Isis.
Dag 5 (31 juli) : geboorte van Nefthys.
Dag 6 : schrikkeldag die eens om de vier jaar werd ingelast.

DEZE AL GELEZEN?

Egypte, 1337 vóór Christus. In de straten van Thebe heerst een ongewone drukte. De farao is spoorloos! Na een jachtpartij is de jonge Toetanchamon niet teruggekomen... Onmiddellijk stuurt generaal Horemheb soldaten op onderzoek uit. Voor koningin Anchesenpaämon volgt een lange nacht van bang afwachten.

'S Morgens wordt de farao gevonden. Terwijl het volk aan de oevers van de Nijl jammert om zijn dood, maakt de koningin zich zorgen. Stierf haar man wel door een stom jachtongeluk? Wie heeft belang bij zijn dood? Ze schakelt rechter Oeni in, de bekendste speurder uit Thebe. Deze bijzondere opdracht weegt zwaar op de schouders van Oeni en zijn assistent Seneb. Want wie zich mengt in de intriges van het hof, raakt in de problemen, zoveel is zeker...

Als een echte speurneus verkent jeugdauteur Herman Van Campenhout met Oeni het hof van farao Toetanchamon. Machtswellust en intriges maken iedereen verdacht. Een spannende thriller die alle mysteries van het oude Egypte doet herleven.

*Linda Tellington-Jones*

# Tellington-Training für Hunde

KOSMOS

# Basiswissen

## MEIN LEBEN MIT HUNDEN

Das Beinkreisen ist ein Bewegungsmuster, das neue Bewußtheit erzeugt.

Hunde, Katzen, Pferde, Orang Utans, Hamster, Schneeleoparden, Elefanten, Wale, Kakadus, Lamas, Schimpansen - die Liste der Tiere, denen mit TTeam und Tellington-Touch geholfen werden konnte, ist inzwischen zu lang, um sie vollständig zu machen. Meine Arbeit führte mich in fast alle Teile der Erde und überall sammelte ich Erfahrungen mit Tieren. In diesem Buch geht es um meine besonderen Freunde - die Hunde.

Seitdem ich denken kann, habe ich Hunde um mich. Schon mit drei Jahren hatte ich unseren Farmhund als Freund auserkoren.

Als ich älter wurde, hatte ich verschiedene andere Hundefreunde. Einer von ihnen war der sehr scheue Halbkoyote meines Großvaters. Als ich neun Jahre alt war, bekam ich meinen ersten eigenen Collie, meinen "Lassie".

Mein erster Mann und ich züchteten auf unserer Pferderanch mehr als zehn Jahre lang Deutsche Doggen. Einige-Jahre später hatte ich eine unbeschreibliche Freundschaft mit Bonnie, einem schottischern Terrier. Er war mir zugelaufen und begleitete mich fortan auf all meinen Reisen nach Europa, als ich auch dort meine Methode lehrte und weiterentwickelte. Heute ist mein Leben durch meine Lieblings-Westiehündin erfüllt.

## AUS TEAM WURDE TTEAM

Es war Mitte der 70er Jahre, als ich die TTEAM-Arbeit mit Pferden entwickelte. In dieser Zeit begann ich, die Feldenkrais-Methode zu modifizieren, die ich während der vierjährigen Ausbildung bei Dr. Moshe Feldenkrais für Menschen erlernt hatte.

Die Feldenkrais-Methode wird zur Stärkung von körperlichen Fähigkeiten und zur Verbesserung des menschlichen Lernvermögens angewandt. Sie ist auch eine sanfte und erfolgreiche Methode, um Schmerzen zu lindern und die Rehabilitation nach Verletzungen zu beschleunigen.

In der frühen Phase der Methodenanpassung für die Arbeit mit Tieren entwickelte ich ungewöhnliche Bewegungsmu-